1983

—

2017

农历丁酉年

猴年过后是鸡年

◎汪嵩 著

集邮文化丛书之四

人民邮电出版社

北 京

图书在版编目（CIP）数据

猴年过后是鸡年 / 汪嵩著. -- 北京 : 人民邮电出版社, 2016.12（2017.1重印）
ISBN 978-7-115-44011-2

Ⅰ. ①猴… Ⅱ. ①汪… Ⅲ. ①纪实小说－中国－当代 Ⅳ. ①I247.5

中国版本图书馆CIP数据核字(2016)第259204号

内 容 提 要

这是一部全景式展现第四轮生肖鸡票从设计、雕刻、印刷到发行的长篇纪实文学小说，主人公是第四轮鸡年生肖邮票的设计者韩美林。本书通过一个个鲜活的故事，全方位展示了生肖邮票的魅力、生肖邮票收藏者的热情和生肖文化的内涵。相信读者看过此书后都会为他的艺术才华、他的坎坷经历、他的一颦一笑而触动自己的内心。

◆ 著　　汪　嵩
责任编辑　苏　萌
责任印制　周昇亮
◆ 人民邮电出版社出版发行　北京市丰台区成寿寺路 11 号
邮编　100164　电子邮件　315@ptpress.com.cn
网址　http://www.ptpress.com.cn
北京瑞禾彩色印刷有限公司印刷
◆ 开本：720×960　1/16
印张：14.5　　2016 年 12 月第 1 版
字数：174 千字　　2017 年 1 月北京第 3 次印刷

定价：48.00 元

读者服务热线：(010)81055339　印装质量热线：(010)81055316
反盗版热线：(010)81055315
广告经营许可证：京东工商广字第 8052 号

神马都是浮云，
神鸡全靠美林！

目录

Contents

序 Forwords

邮票在中国是个舶来品，中国最早的大龙邮票至今不过百余年的历史。方寸之间的喜怒哀乐，联系到社会的各个层面，从而形成特殊的文化现象，这其中由中国邮政发行的生肖系列邮票，自一诞生起，就广泛受到社会关注。

我与中国邮政的渊源可以追溯到大学时期，彼时我就颇爱集邮。1956 年，我收集了十几大本集邮册，一万多枚邮票。这些来自世界各地的邮票丰富了我的眼界，开阔了我的视野。后来这些邮票在“文革”抄家中散落，至今也不知道它们的下落。改革开放以后，我分别设计了《癸亥年》的猪票和后来的《熊猫》特种邮票，当年想到这些邮票同信使一样，行走于各个厂矿、村庄，邮票中生肖及动物的形象就一定要让老百姓喜闻乐见；而今，邮票的实用功能虽然减弱了许多，但此时的邮票流入的都是有着更高欣赏水平和眼光的藏家手中，对邮票艺术效果和质量都提出了更高的要求。此次和中国邮政合作设计丁酉年的鸡票，也可算是这么多年友谊的延续。

随着丁酉年生肖邮票的诞生，其过程中的种种经历都变成了精彩的故事。有些是我亲历的，比如建萍为了说服我修改设计风格用的种种手段，有些我是看了书稿才知道，像为了确定鸡票的设计者引发的“龙虎斗”。在作者的笔下，这些故事仿佛联通了时光隧道，让我又回想起跟生肖鸡票有关的美好时光。

于我而言，鸡的形象是我比较喜欢的题材。首先，在很多上古岩画和古代图案中都积累了丰富的和鸡相关的造型；其次，鸡的色彩绚丽多彩，组合变幻可以很丰富；多变的造型、装饰与色彩的搭配，可以演变出成千上万种不同形态的鸡的形象，这些形象元素又可以被赋予不同的含义。所以说，画好一张鸡并不难，难的是在生肖邮票的设计中，一方面要尊重邮政公司作为委托方的意见，二是要在方寸之间将各种含义融合进去，还要和同一轮的其他生肖邮票保持统一和协调，这和艺术家随心所欲的创作有着本质的不同。

由此，邮票诞生的过程中，总会有许多的想不到和出乎意料，这些有着戏剧性过程的记录在今天看来，正是事情本身在经历过不同的尝试之后所做出的选择，其中包含人与人之间性格的碰撞和思想的交锋。对于真实生活而言，协调处理各种问题既是一种能力，也是一种艺术。这些来自生活的点滴在经过作者的搜集、整理和创造之后变成文字、情节和故事，最终体现为《猴年过后是鸡年》这本书稿。

作者送来这部书稿，遵嘱为这本书作序，我想一是这段生活本身就是一个从无到有、从想法到现实的故事，其间充满了新鲜和趣味，二是综合了作者对事物细致的观察、对生活逻辑的理解以及对文字的驾驭能力，手捧这样的文字娓娓道来，至今仍能让人感觉到字里行间散发出的一丝丝热度。

韩美林

2016 年 9 月

第一章　喜鹊登枝

2015年的8月6日，第四轮生肖猴票开机印刷。

生肖猴票刚刚印刷而已，这街头巷尾、短信、微信、微博就议论开了：

——生肖猴票是黄永玉设计的。

——这生肖鸡票由谁设计呢?

陈龙也有着同样的疑问。

是呀，猴年过后是鸡年。

对于刚刚举办的生肖猴票开机仪式，虽然表面上看不出来，但其实陈龙心中很是激动。

他想起，中国足球队“世界杯”出线，以及在天安门广场置身于庆祝北京申奥成功人群中，自己曾经有过这样的心情。

他心里清楚，作为一位普通的邮政人，一生能经历过几次这样的事情足矣!

按理说他应该欣喜若狂，但是这种感觉刚有个苗头就被他给熄灭了。

此时，陈龙呆坐在办公桌前，桌案上摆着印制局刚刚送来的猴票样张，以及印刷开机现场的照片。旁边的墙壁上，贴着生肖猴票的印刷进度表。

关于邮票的印刷，有一个常识需要在这里普及一下：

——中国邮票的印刷工艺，在一般的年份，胶印和影写大约占七成多，雕刻版邮票占三成不到。

——邮票印刷采用何种工艺，主要取决于邮票图稿的设计风格。

——用雕刻工艺印制的邮票最受集邮者的欢迎。

——近些年，雕刻版邮票的比例在逐年增加。

——这套生肖邮票由于是采用胶雕套印，生产周期至少要 5 个月。

隔着办公室的窗户，陈龙看到外面的空调机上站着一只喜鹊。它一边叽叽喳喳叫着，一边向里面张望。

当然稍有头脑的读者都明白，喜鹊这时候出现绝非偶然，完全是为陈龙产生联想做铺垫。

于是，陈龙叹息道："这，鸡票谁……"

这喜鹊配合地被他的叹息声所惊动，振翅飞到附近的一棵大树上。

陈龙眯着眼睛目送它飞走。

"喜鹊登枝"，好兆头！

陈龙又回到他原来的思路上来："这鸡票该由谁来设计呢？"

他知道，这些年，每年的生肖邮票的设计者人选一般都是最令人头疼、最难确定的事情。

想到这里，陈龙心里面多少有些烦躁，不过表面上却还是风轻云淡的样子。

"当当当"有人敲门。

"领导，忙啊？"一个人推门进来。

陈龙好不容易理出的头绪又没了。他不悦地抬起头，发现来人是武马，只好把不满压下去，露出和蔼的笑容。

“武马，进来，不忙，在想事。”

武马这人信息量很大，业内业外的情况都知道一些。更何况他看问题有自己的见解，经常能说到事情的点子上。

武马看样子有什么正事，不像是来闲聊天的。

“生肖猴票印刷开机后，舆论反应不错……”

反映这样问题的同事每天都要来十几个。

尽管陈龙很忙，自己的同事来反映问题他都得接待。这大概是他了解基层情况的一种方式吧，也是基本的礼貌。

闲聊了一会儿，陈龙不得不问武马：“你还有别的什么事吗？”

武马说：“哦，是不是该考虑鸡票的设计者了？”

陈龙一拍手：“咱俩想到一起了。”

这是欣赏。武马这个负责邮票选题部门的领导看来很称职！

“武马，你的意见呢？”

一般的邮票设计，两人事先还是要商量一下的。何况生肖邮票不一般。

“我也没想好……从第四轮生肖猴票的设计者来看，我们选的很准，这效果已经出来了……可是第二枚鸡票选谁，我……”

“你这家伙也真是的……有什么想法就说……”

“有舆论建议，是不是这一轮都请黄永玉先生来设计？”

“这事不那么简单……至少生肖邮票的发行历史上没有过……”

“但是，美国邮政好像是一个人，而且还是华裔设计家，叫李什么……”

“我知道，叫李建文，华裔，居住在夏威夷。不过，我的意见，只是选一个人来设计，设计风格太单调。中国一个泱泱大国，设计人才多得是……”

很明显，在选择生肖邮票设计者方面，陈龙不愿意一成不变。

关于陈龙这个人，这里有必要补充点背景资料。

圈内圈外有关他的议论很多，评价不一。

有人说他善于创新、懂得经营，算个经营人才。

但是也有人说他的经营思路是雕虫小技，好多概念都是借鉴其他行业的，也包括国外的，没什么自己独特的东西。

结合陈龙的成长过程，就可以把他的背景理清。

陈龙出道得很早。

甚至有人断定，此人有一定的前途。

然而陈龙近二十年来一直没什么进步，甚至谈不上原地踏步，退步倒是有好几次。

究其原因，谁也不怨，都是他自己的原因。

四十刚出头那年，陈龙被分配到一家邮品制作公司做主持，在那儿一干就是两年多。

结果他离开这家公司不到两年，这家公司就解体了。

四十五岁不到，陈龙又去了广告公司当了“和尚”，在那儿撞了六年的“钟”。

因为他不懂广告业务，只能干点同函件有关的贺卡业务。

他离开这家公司后，贺卡业务也不景气了……

回忆至此，陈龙自己都有些不好意思，一下子闲了八年。

虽然在邮品制作公司、广告公司陈龙没什么作为，但是平心而论，陈龙还是努力做了很多补救的：

——比如说，他认为贺卡应该打产品品牌，他就组织开发一批产品；

后来又觉得文化牌更重要，又赶紧写了一批贺卡文化丛书。

陈龙在广告公司混了六年，连函件业务是什么都没有了解清楚，就又被调走了……

总之，陈龙的这八年就留下几本没什么人看的破书。

要是有人问起来这八年怎么样，陈龙开口就是模棱两可的话：一方面呢，这个函件专业不是一般人能干的专业，也是一般人干不了的专业，但是另一方面……

猛一听什么都说了，但是仔细一琢磨又什么都没说。

说起来，不好意思，陈龙虽然是老邮政，可一辈子也只是干过集邮、函件两件事。

不过，他自己认为，在函件、广告公司干的这些年，是他一生中重要的经历。

八年了，还得提它！

——这八年，集邮业务有了很大的变化；

——这八年，陈龙原先在集邮专业积蓄的一点老本也就着函件业务吃光了。

自从回到邮票发行部门工作后，陈龙就有点庸人自扰——老本没了，怎么立新功呀！

确实，由于工作层面太窄的关系，陈龙的过去没什么拿得出手的经历。

重回集邮圈后，他只好吹嘘自己："哥们在邮政广告公司干过多年，开发过好多贺卡！"这话现在对人说，差点被人笑死。

人家置疑地问：贺卡业务下滑是不是和你有关系？

问得他面红耳赤，只好尴尬地咳嗽一声，说："好在我 2012 年就离开了！"

更何况此人对邮票发行方面不能说是很熟悉，还面临不懂邮票印刷、不懂邮票设计等短板。

从以上的叙述我们可能也看出来了，陈龙有点不自信，总觉得自己干邮票发行有些先天不足！

可能有人觉得这样写有损陈龙的形象：陈龙怎么会不自信呢？

函件与集邮本是兄弟，毕竟是一家人，离开八年，“旁观”或许看得更清。

不过，这里要为他解释两句：重回集邮的陈龙真有些困惑和不大适应：

——过去，集邮发展依靠的大活动，如奥运会、世博会，现在没了！

——过去，集邮发展依靠的大客户，靠 20% 的客户完成 80% 的收入，现在也没了！

然而，陈龙的命真好！

熟悉邮市的人应该印象深刻，2013 年以来，邮市一直火爆。

这几年，集邮的转型发展不能说风生水起，也算顺风顺水。

尽管陈龙自认为，所有这些和自己一点关系都不沾，可这大好形势却让他赶上了！

这里有必要更正一下，其实陈龙属于脑子不很聪明，但是也不笨的人！

有一点陈龙想明白了，要让市场红火得先有好的选题！

又巧了，好的邮票选题，陈龙的前任领导大度地没有全部用光，给他剩下不少。于是乎陈龙兴趣盎然，发挥主观能动性，带领团队专心致志研究选题。

几年下来，像什么《诸葛亮》《包公》《长江》《黄河》《长城》，古典文学名著《红楼梦》《西游记》；主旋律题材《中国梦》《海上丝绸之路》《核心价值观》；节日题材《拜年》《月圆中秋》，总之一边摸着石头，一边过河，不少好的选题就破茧而出啦！

这段时间，陈龙工作起来感觉浑身是劲。累虽累些，但是每每看到新发行的邮票很受欢迎，就精神百倍。

他十分享受工作带给他的快乐。

他感觉中国集邮的前景一片光明。

在他内心深处有一个奇妙的愿望：那就是趁退休前，再弄出几套好邮票……

这个念头是他的几位前任领导灌输给他的："支撑中国集邮收藏的脊梁是要出高水平的邮票。"

这个愿望其实历届邮票发行的主管都有，他们分别为实现这个目标努力过、实践过、收获过。

于是，对于第四轮生肖鸡票找谁设计，陈龙思索了很久。

那有人就会问，这武马建议整个第四轮生肖邮票请一位设计家来设计，不就可以省去许多麻烦！

这里要告诉大家，生肖邮票的设计就是要突出不同的设计风格，避免设计雷同。无论是第一轮生肖邮票还是第二轮生肖邮票都是不同的设计者，只有第三轮有几套生肖邮票设计者是重复的。

也正是由于这一原因，30 多年来，生肖邮票设计中的几位画坛巨擘永远地留在集邮者心中。

无论是画猴票的黄永玉先生，画鸡票的张仃先生，画狗票的周令钊先生，画猪票的韩美林先生，画鼠票的詹同先生，集邮者都了解得一清二楚，说起来如数家珍。

第二章 事与愿违

2015 年 8 月的一天，笼罩在北京多日的雾霾散去。

天空湛蓝湛蓝的，给这座多日遭受雾霾蹂躏的京城抹上了一道亮丽的色彩。

对于邮票印制局的干部职工来说，这一道亮丽的色彩，似乎也预示着刚刚开印的生肖猴票会更加顺利一些！

然而，事与愿违！

生肖猴票开机仪式上，马局长就听说这印刷还不够稳定，机器无法开到最佳状态，批量生产的稳定受到很大的影响。

当时他没往心里去，随口说过后再议。

此时有更重要的事情要处理——先把开机仪式办好。

印刷开机仪式结束后，得知此事的陈龙一再叮嘱，说印刷不稳定的事情要是这样持续下去，肯定会影响邮票的批量印刷和生产进度，一定要赶紧解决。

至于如何解决，陈龙不懂印刷，当然不清楚！

有人说，邮票发行部和印制局各管一摊没什么交集。

这种说法值得商榷。

其实两个单位的交集很多。日常工作，发行部管发行，印制局管印刷。

表面上看两个单位井水不犯河水，但实际上并不是这样简单：

——发行部印制图稿下晚了，印制局就不能按时完成印刷任务；

——印制局不能按时完成印制任务，就会影响邮票的正常发行。

所以这两个单位建立正常的合作关系尤为重要。

陈龙和马局长都是这样想的。

开机仪式后不久，马局长立即着手解决这个问题。

说起马局长，得简单介绍几句。

二十多年前，邮票印制局分来一位印刷学院毕业的年轻人叫小马。后来证明，这可不是一般的小马。那小马从里到外，充满着勤勉、朴实、好学、友善……这样说吧，凡评价该小马的人，点头的居多，说他是棵好苗子。

该小马对于邮票印制局所有的工种，不但会干，而且都干过。

十多年前，印制局派人到广东深圳学习一台先进印刷机的操作；后来又派人到陕西商洛地区扶贫。这些都是艰巨任务，又在异地工作，前者三年，后者一年。

该小马仔细想了想，对呀，我可以去啊！

就这样，两项任务印制局都派他去的。

他回来后不久就被提拔为生产处副处长。

此人属于那种板上钉钉的指哪儿打哪儿的人！

几经风雨，又经彩虹后，他这岁数，该叫老马了……

老马就这样一步一步走上了印制局的领导岗位。

当然，在风雨和彩虹的背后，老马也付出了不小的代价。

——加一起四年的异乡生活。

——2014 年又被派到辽宁锦州邮政交流工作一年。

——在外交流的时间已经达到五年的新高。

当然了，人无完人。老马的性格也有个小小的瑕疵，使得他的领导和员工总是为他捏一把汗——那就是过于自信。

局里的老人们说，这孩子年轻的时候就什么机器都敢开，到陕西商洛当副市长也敢去，不管多么艰巨的任务交给印制局，他都敢接。

不管是多难的任务，他的一句口头禅是："没问题，交给印制局。"

虽说出发点是好的，但是任务如果完不成，连半点退路都没有，还真的不好交差！

说句公道话，自信是必要的，可是过于自信也有弊端。

——比如，他愿意用大部分邮票都是印制局印刷这一优势来安慰自己，有时候安慰过头了，还能凭空生出一些优越感来。

——他最大的骄傲是，印制局的现有印刷设备要好于京外两家印厂，京外两厂只承担中国邮票印刷 35% 的印量……

实际上对邮票印制局现状的分析一定要持一分为二的态度：

首先，不管机器设备是好是坏，机器是由人来操纵的，因此员工的精神面貌和技能尤为重要，印制局在这方面还需提高。

其次，对工艺的研究，对质量的把控，一定要有手段，这方面，邮票印制局尚有不足。

第三，对印刷队伍和骨干的培养和建设要有长远规划，印制局在这方面也尚有欠缺。

当然，关于邮票印制局的基础和实力，也有很多优势。

其实，邮票印制局的实力除了设备外，更多地体现在它的历史。

——它是上个世纪 50 年代中捷合作的产物。

——捷克的雕刻印刷在全世界都很有名。

——几十年来，这里印出了《黄山》《金鱼》《牡丹》等邮票精品。

——它装备精良，胶印、影写、雕刻工艺样样具备。

综上所述，邮票印制局的设备和生产能力不容置疑，无论在哪个方面都还有进一步提升的空间。关键要看邮票印制局干部员工的心气。

生肖猴票印刷开机仪式的第二天。

马局长正和几位副局长谈生产安排，忽然办公室主任进来跟他耳语两句，他立刻跳了起来："事情到了这种地步你怎么才汇报，昨天陈龙还嘱咐这件事情……"

几位副局长莫名其妙，不明白马局长到底什么意思。

"你们知道吗？猴票打样现在的问题很大，目前机器根本开不起来。"

主任连声说："他们正在想办法！"

"想什么办法？想办法为什么机器还开不起来……"

主任一听也慌了："马局长，别着急，会有解决办法的。"

两人你来我往几句之后，马局长对几位副局长说："各位，这生产安排过一会儿再说，咱们还是先解决好生肖邮票打样问题吧。"

好在一位副局长及时劝阻了他："事情还没搞清楚，咱们不妨一起到制版中心去看看。"

大家来到制版中心，首先达成了意见上的一致：打样确实有些不正常。最大的问题就是渍墨。

这情景实在怪异，以往的邮票印刷很少出现这种现象。

马局长朗声说道："几位，事态的确很严重，咱们马上开会研究一下。"

话音落后，办公室主任就立马跑出去通知了。他也清楚事态的严重性。

印制局各车间主任、制版中心主任全部到齐，把那间会议室挤得满满当当的。

马局长拿了个小本子坐在第一排正中央。他的开场白是：“各位同仁，生肖猴票打样以来，效果一直不理想，问题从表面上看起来非常复杂——渍墨、着墨不实、空、花等现象十分突出。”

这段开场白非常专业，平实而质朴，勾起了与会者极大的担忧。

严格地说，这次生肖猴票的印刷理论上是马局长指挥的第一场硬仗。之所以说是理论上，是因为考证不出近二三十年是不是还有比这个更加难印的邮票。

他原来想得很简单，可是昨天到现场一看，才知道并不像原来想的那么简单。

据制版中心透露，这套生肖猴票的雕刻线，较以往雕刻邮票略有不同：

——主体雕刻线条较粗、较密，最粗雕刻的线条是常规的2～3倍，且局部如猴的肚子、猴的尾巴线条的密度非常之高；

——大部分线条都是比较长的贯通垂直线，而以往雕刻票多以短细线、点为主。

这就造成印刷时出现类似水墨画洇渍效果的渍墨现象。

这个渍墨现象是怎么回事呢？

马局长拿起票样指给大家看：“各位，看这猴子的眉毛、眼睛、爪子、脸边轮廓等斜向弯线处与擦墨方向一致的地方出现了着墨不实、空、花等现象”。

说到这里，底下“嗡”的一片，大家交头接耳。

好多人点头：还真是的，花得厉害！

只听“唰”的一声，马局长展开一张大的样张，上面印花的痕迹尤为明显。

他指着样张，侃侃而谈：“接下来还有更惊人的发现。渍墨的地方大都出现在单线处，其中一个细节很引人注意，那就是劈线和交叉线处很少有渍墨的现象。”

大家对这一分析频频点头。

马局长继续说：“大家回过头来再看这几个样张，雕刻腐蚀的深度对着墨有一定的影响。当然，从追求雕刻效果上来看，腐蚀的深度越深，效果越好。但是前提是质量和稳定。”

场下的人又开始议论纷纷。此时大家已经彻底被马局长的分析折服了。

马局长满意地看着这个场面，过了很久才继续讲下去：“下一步，用相同的雕刻文件在同一支印版上同时制作腐蚀深度为 40u 和 35u 两种效果，看哪种效果更好？”

这个要求再次引起大家的点头赞同。

制版中心主任也有了灵感，建议道：“局长，在没有劈线点且特别渍墨的地方增加劈线，在正常劈线处再增加些劈线点，对渍墨特别严重的地方由单线改交叉线。”

马局长最后强调：“各位，我们面对的是近年来最为艰巨的一项任务，务必拿下！”

此时，大家也有信心了，会场的气氛轻松了不少。

最后，他示意大家安静，眯着眼睛盯着几个样张看了半天，猛地一拍桌子：“凭我二十余年的从业经验，我们攻克这个难关还是有可能的！”

当天，印制局就成立了雕刻印刷攻关组。

前文说过，前期制版打样主要以制版中心为主。

会议结束后，雕刻车间也主动加入进来。为了猴票的制版打样，雕刻车间还暂停了正在印刷的邮票。

几天后打样出来了，问题还是没能解决，情况是这样的：

——制版中心主任发现：新版上机后，花和渍墨问题得到了一定改观，35u 深度虽然手感差一些，但是眉毛、脸轮廓线等地方明显挂得住墨了；

——雕刻车间主任发现：二图轮廓线条、一图尾巴、脸等多处与擦墨方向一致的主体线条，仍然渍墨、空、花。

他一开始百思不得其解，不过后来凭借经验很快就弄明白了。他判断，雕刻腐蚀的深度不能太深。

同样的问题很久以前出现过，1980 年的《庚申年》猴票就是雕刻腐蚀的深度太深，因此，废品率奇高。

这《丙申年》猴票雕刻线条的腐蚀的深度也是如此。

面对这喜忧参半的局面，惯例的作法还是开紧急会议。

会议室里面，马局长绷着一张脸，看着手下负责印刷的技术干部们一个个都过来了。

所有人到齐后，他指了指桌子上的猴票打样：“猴票的渍墨现象几次都没有调整好，要是这样就无法批量印刷。”

据说那天他发了很大的脾气，背着手在会议室走了好几个来回，脸憋得通红，说：“同志们，打样弄成这样，说得过去吗……不查找主观原因也就算了，还强调什么客观原因……制版中心你们说，自己有没有责任……你们说，时间是不是全给耽误了……我们耽误得起吗……时间不等人呀，同志们！”

于是他提出要求：“如何尽快解决这一问题……大家说一说吧。”

看到领导着急上火，制版中心主任坐在一旁，表情木然。身为邮票发行局的印刷技术"大拿"，居然没有就此事先发表半句评论，平静如常。

印制局副总工程师提出："调整雕刻版压力，调整擦墨纸速度，强制降低雕刻版温度，调整走纸车速，调换胶印色序。"

看到有人发表意见，自己不得不说几句了，具体说来就一句话："我的建议：掉个图头，换个擦墨方向！"

看到大家群策群力、献言献策，马局长本来准备的一些语重心长的话语，竟然没有说出来……

参加过那次会议的人说，当马局长黑着脸走出会议室的时候，大家都以为他出去方便了，没想到会就这么散了，无不感到万分惊讶，看来他真是着急啦！

但大家清楚无比——没什么选择的，就按这个方案试一下吧。死马当活马医！

如此试验一番，有好消息也有坏消息——掉图头换擦墨方向后，原来空的地方有所改善，但又出现了新的空、花、渍墨点。

相关环节的人也很着急。油墨厂的技术人员急得团团转，他们怀疑稳定多年的雕刻墨配方出了问题？

于是技术人员一次又一次地重新调整配方，反复试了五六次。可还是老样子——"中国邮政、China"字样与擦墨方向一致的上下边缘也是空、花，挂不住墨。

有人建言：再增加些雕刻布线的劈线，加大雕刻挂墨点。

制版中心又尝试了，印刷渍墨的问题还是解决不了！

看来还是没有找到问题的症结。

第三章　毕其功于一役

说到印制局的打样质量，确实需要一个不断提高的过程。

实话实说，印制局的邮票打样这些年有一定的进步。印刷工艺不太复杂的邮票，有几次打样就能通过。

当马局长见到生肖猴票的样张打成这个样子的时候，他外表虽然还微笑着表示平静，可是内心却在七上八下，一时竟不知道该说些什么了。巨大的压力压得他喘不过气来。

“不能慌！你行的！”他拼命鼓励自己。他强迫自己闭目沉思，试图利用自己从业二十余年的经验来解决问题。

在他看来，这邮票打样的手段没什么新鲜的：无非是多打样、多体会、多修正，积累经验罢了。

不过，他心里也清楚：

——事态如果继续这样发展下去，邮票的正常发行就无法保证了。

——保时限、保质量、保数量是邮票发行部门对印制部门最基本的要求。

——集邮者在邮票发行当天见不到邮票是不能容忍的，也是邮票发行部门、邮票印制部门的耻辱！

如果这样的事情真的发生，印制局在全国集邮者的心中恐怕要名誉扫地了。

他忽然想起，凡事要做两手准备。

——假如印制局自己解决不了技术问题，是不是要请印钞厂雕刻制版方面的技术专家一起会诊。

——这个问题一般是印刷企业的惯例，印刷上遇到了难题很多企业都这样做。

马局长略微有点失神："是不是请印钞厂雕刻制版专家过来会诊？"

"没意见，那里的人我们也熟，一请准到。但是大主意还是要您自己拿的，您说是吗？"制版中心主任话中有话。

马局长当然听得出来。其实主任是想到了印制局的脸面。

爱惜印制局脸面的邮票人都知道，在邮票印刷方面，有一个最高的标杆——那就是自己独立完成。

主任："如果再给我们一次机会……"

马局长："先别说如果的事，我再问个简单的问题。有多大的把握？"

主任："我们还是自己再争取一下吧！"

马局长："好吧，我们自己能解决自然好！"

主任："只能力争，前期我们打过多次样了，都没过。"

马局长："哦，看来你们缺乏信心呀！"

"信心"这个术语在印刷制版行业一般没人用，一用就会越打样越没有信心。

第二天一上班，制版中心主任又把几位技术人员召集在一起。

“……因此本主任认为，我们制版中心必须深刻地认识到自己的作为，解领导的后顾之忧，大家看看，领导都着急成什么样子了……”现在做动员发言的是制版中心主任。

他在这个位置上工作有些年头了，经常把“本主任”挂在嘴边上，说起在制版中心工作的年限，他经常以“四朝元老”自居。

不过工人们背后都叫他“楼主”，这么叫其实也不是不尊重他，毕竟再过一年他就要退居二线了。

他明白，制版中心主任这个岗位，事关邮票印刷质量，责任无限大，风险无限大。

主任怕出事，但是偏偏这打样过不了关。因此，他也猴急猴急的。

主任强挤出笑脸：“同志们，我从马局长那里争取到了再打一把印样的机会，大家有没有信心？”

大家齐刷刷地举起了手，主任看到的是同志们坚定的眼神；听到的是齐刷刷的声音“毕其功于一役！”

这种精气神倒是印制局最为缺乏的。

你要是以为接下来的情节是制版中心靠精气神就能解决问题，那你要么不了解印刷打样工艺的复杂性，要么不了解印刷打样是需要专业技术人员掌控的一种工艺。

实际上大家喊过口号之后，不过是对渍墨严重的部位做了局部微调，还是没有对问题做进一步深入的分析。

结果可想而知，一切如故，渍墨的问题还是解决不了。

这样一来，就有人说“风凉话”了：

——我当时就觉得这么搞要出事，但是看到大家的情绪空前高涨，就没开腔。

——果然，还是不行，我当初说什么来着。

这些人不大地道。因为说这种话不但不能提气，反而泄气。

这时是最需要凝聚力的时候。

事已至此，马局长把事情看得更严重！

他刚刚主持工作不久，每天都像百爪挠心，没事就问自己：这种情况还要拖下去吗？

作为一局之长，他的生活就像蚂蚁一样：找不到食物发愁，找到了又要发愁，怎么把这食物弄回家去？他在心里暗骂自己。

他强迫自己回忆这些年印制局发展的历史，回忆几年在外交流的经历，回忆领导的要求，以及自己的抱负。

“印制局的脸面，跟完成任务比起来……”

遇到这种情况：关键要判断清楚——孰重孰轻。

多年来，他始终感觉到印制局头上有两座大山：一个是印刷时限，一个是印刷质量。主持工作以来，这两个东西经常弄得自己整月地睡不踏实，苦不堪言。

于是他得出结论：时限第一、质量第一；在保证两个第一面前，面子第二！

在自己力所不能及的时候，就要请人帮忙。这就叫合作。

于是，当有人再次提出只能请印钞厂雕刻制版方面的专家来会诊时，他立即同意了。

不过同意归同意，他的心情很是复杂。现在可不是上个世纪五六十年代了，那个年代印制局还叫北京邮票厂，早年间河南成立印刷厂，向邮票厂申请技术合作支援，邮票厂一下子派出十几个人支援他们。可是现在自己需要别人来支援了。

由于爱屋及乌的原因，马局长不甘心看到这不愿看到的局面，但是却又没有别的选择。

这段时间里，他先是着急，看到几次打样都没过，然后又是不安。接着就陷入了长时间的焦虑和思考中。

现在的机械设备、印刷经验要比三十多年前强多了，可是打样持续了三周多居然还没有通过！每次打完样，大家都围在一起议论着什么，好像都是百思不得其解的样子。

至于邮票发行部的陈龙，呃，目前还不了解猴票打样的进展。

他那个急脾气，也没人敢跟他通报。

在印制局的同志们看来，猴票印刷出现的问题是暂时的，等一切问题都解决了，再跟他通报不迟。

谁知道，经过几次打样，邮票印刷的进度还是没有变化。

各种办法都想到了，就是没有什么起死回生的妙计，猴票的印刷始终没有取得任何进展！

印钞厂雕刻制版方面的多位专家及时赶来了。

印刷行业的人都知道，雕刻印刷出现问题的几率最高。之所以经常出现问题，跟印刷工艺复杂有极大的关系。印钞雕刻的制版也经常出现问题。假如你去问问人家，遇到类似的问题是如何处理的？人家可能会回答，这点事算啥，印刷钞票遇到的难度比邮票一点不少，想办法解决就是了。

其实，也没什么捷径，只有共同分析和寻找解决问题的方法。

两家单位搭档多年，默契非比寻常，交流起来言简意赅。

集中多位专家的智慧，得出结论：

——同一地方既渍墨又花，是典型的版、墨适性不匹配。

——在雕刻墨可调整余地较小的情况下，解决问题的关键在于降低印版存墨量。

可以从三个方面入手解决：

——降低雕刻腐蚀深度，由 40u 降为 35u；

——在现有布线上做一些断点，既减少线条的存墨又要保证腐蚀增溢后视觉效果上线条是连续不断的；

——尝试将劈线竖线改为与擦墨方向垂直的横线，加大网穴里的挡墨效果。

药引子有了，就看配方了。

制版中心与雕刻版制作厂家反复探讨，总结出雕刻深度与线条增溢率的大致比例关系。在此基础上，针对渍墨、花的线条尝试了不同线宽的隔断线和拦墨线，结合深度变化调整劈线间距，寻找 35u 腐蚀深度的最佳拦墨线和断点方案。

经过几次尝试和上机试验，终于找到了在不影响整体布线设计效果情况下的最佳劈线和断线数据，雕刻版渍墨、花、空的问题基本解决。

从样张来看，整体效果颇佳。雕刻油墨转移较好，线条流畅。

过了一会儿，有人欢天喜地地进来报告：“行了，这次打样没问题了。”

大家纷纷松了口气，站起来伸懒腰。

这时忽然有人高呼：“在印钞厂的协助下，我们这次终于成功了！”

若干人轰然叫好，欢呼声在车间里响成一片。

大批量印刷基本稳定！

这个时候，北京已经进入了一半秋光一半雾霾的秋季了。

随着生肖猴票印刷走入正常的轨道，邮票印制局也渐渐恢复了原来安详宁静的工作节奏。

坊间讨论最多的话题，也从原来的生肖猴票的打样，变成了如何保证在发行日前足量提供成品？

2015 年 9 月 6 日，《丙申年》邮票终于克服重重困难，签批印刷！

第四章　鸡猴不到头

请黄永玉先生设计第四轮生肖猴票被许多人所津津乐道！

其中，尹虎建议请黄先生设计，并几经周折促成先生出山，可谓头功一件。

因此，有一天，陈龙忍不住问道："尹虎，请人设计鸡票的事还得你来。设计猴票的黄永玉先生就是你请的。"

没想到尹虎对自己的这段辉煌很不放在心上，回应得非常敷衍："陈龙，我只能辅助生肖鸡票的设计工作，帮助设计一下版式和小本票什么的，确定鸡票的设计者，邀请设计的事，最好你来。"

"不带这样的。"

"我可不干了，我挺热爱生活的，还想多活几年……"

陈龙语气坚定道："尹虎，这件事可由不得你，还是你来，我又不懂设计。"他知道，约画家可不是自己的强项。

尹虎，个头不高，但论身材、看五官，各方面比例适当，都很精致。他双眼皮，眼睛不算大，却很有神。头发款式是时下艺术界流行的长发，但打理得很精致，一丝不乱，不像有些"艺术家"弄得杂乱无章，七长八短，像个“抱窝鸡”……

关于尹虎的情况，前面有些地方没交代清楚。有必要多交代几句，否则尹虎这么大牌的邮票设计师，交代简单了说不过去。其中一个版本是这样的：

他在大学期间就开始了邮票设计，这件事情普遍不为集邮者所知——当然他本人也很少提及。

尹虎大学毕业后来到邮票印制局从事邮票设计，并宣称对这一选择从未后悔过。但后来听说当初大学期间住在他上铺的方佳如今已经是社会知名的画家了，他真的有点后悔了。

不过这还不是最形象的，因为另一个版本是这样的：

假如你见过他，就会知道，此人不高不瘦，平时喜欢玉树临风地穿一套休闲西装，要多休闲有多休闲。

假如你跟他同处一个办公室，可能还会了解得多一点：此人白天除了忙于设计，其他时间总喜欢背着手，在电脑前面踱来踱去，做思考状。

一到周末，就换上另外一件休闲西装，到各省给集邮者签名，这些年祖国的大江南北他可没少去。

当然还有一个最简约的版本：

尹虎是目前在职的邮票设计师里设计邮票最多的一位。

尹虎：“陈龙，不瞒你说，我是这样认为的，按理说约稿这事本是我分内的事情，但你这催命式的约稿方式，我实在不敢恭维！”

然后他以上次邀黄永玉先生画猴票为例：

——哪日哪日，电话中骂人不吐脏字羞辱他进展缓慢；

——哪日哪日，当着很多人的面说他“没有金刚钻别揽瓷器活”；

——哪日哪日，指出“不行就换人……”

停顿了片刻，又说：

——有的人，不分青红皂白，这也批评，那也指责……

——毛主席都说过：我们的同志在困难的时候，要看到成绩，要看到光明，要提高我们的勇气。

——那次约稿，从整体来看，成绩是主要的……

尹虎还企图拉出武马助阵：“武马你当时也在场，你说句公道话。”

武马看见尹虎的表情有些吓人，更重要的是他想起这陈龙是自己的顶头上司，于是哼哼唧唧地不肯说话。

陈龙已经看出势头不好，只好认错：“嗯，我承认我是催命鬼，现在检讨，今后一定改。”

上一次，请黄先生设计猴票，尹虎给陈龙起了一个“催命鬼”的外号。

然后，陈龙又积极展开了批评与自我批评：“是呀，是呀，毛主席还说过，‘你要知道梨子的滋味，就得弄个梨子，亲口吃一吃……’要是我去联系黄先生，可能还不如尹虎进展快！不是可能，是肯定。”

陈龙的自我批评感动了尹虎：“陈龙，别检讨了，也别上纲上线了，这件事到此为止！”他恨不得找个手绢把他嘴堵住。

看到陈龙深刻检讨自己，尹虎停下来不说话了。

大家都感觉耳根清静了很多，可以思考问题了。

武马这时候才慢吞吞地说话：“尹虎，我说句公道话，陈龙这样做也没什么恶意。一来不够典型，催命的事陈龙只是偶尔为之，不具代表性；二来说明领导工作抓得实——发号施令是领导的重要工作。”

对尹虎说完了，他又对陈龙说：“领导，你也别往心里去。‘催命鬼’，明显是干活着急的人，一看你就是急脾气的人，大家都是为工作。”

他还附带说明一下：

——“鬼”这个外号，也不能说是贬义词，古代和现代生活中，都有这个词。

——古代的梁山好汉里面有很多鬼，像什么“赤发鬼”刘唐、“操刀鬼”曹正什么的；现代的有“红小鬼”“机灵鬼”等。

——都是亲切的称呼，透着股亲昵、喜欢。

他这么一说，陈龙和尹虎也都释然了。

如前所述，生肖邮票发行，设计是龙头，设计者是关键，不抓住不行。

陈龙是急脾气，总想把这件事抓好，但他本人干不了这活，就想找个帮手。头一个想到的就是尹虎。于是，他不抓住尹虎抓谁？后来他为此后悔不迭，对待同事为什么不能和风细雨呢？

陈龙：“不过，这次时间上要比上一次充裕。你也要理解，我这都是为了工作。”

尹虎：“这个我当然知道。”

事实上，尹虎也清楚陈龙所做的一切都是为了工作，只是对他的方式方法耿耿于怀罢了。

但是他又知道，请画家的事情他是推不掉的，这是自己的职责。他也不会让这位根本不懂设计的陈龙满世界去约稿，这会让人笑话。

何况陈龙已经主动检讨了上次的粗暴，态度表面上看还算诚恳。

听从陈龙的安排，是他唯一的选择，这点觉悟他还是有的。

陈龙深吸了口气，用极为复杂的目光看着尹虎，说道：“这么说，你打算接这个任务了？”

“你是领导，你布置的事情我岂能不接！相信这一次不会像上一次那样难吧？”

“当然不会！很多老画家对设计生肖邮票还是蛮有兴趣的，要相信生肖邮票设计在他们心中是有分量的。”

陈龙对生肖邮票在社会上的影响力还是信心满满的。

他思考了一下，又说：“我们还是在名家里选吧！”

“名家！选谁？”

“你上次推荐过，黄永玉先生上次还没答应为我们设计猴票的时候，我们一起讨论过。”

“陈龙，要不明天再开一次会吧？”

“好，这样的大事应该议一下。这样吧，明天下午在你们印制局开个会，多找几个人，反复论证一下，然后把这件事敲定下来。”

陈龙这么谨慎是有原因的。

决定生肖邮票设计者是件大事。

据统计，邮票发行后遭到邮迷们批评、置疑最多的就是生肖邮票，像什么“蹩腿马”“艾滋猴”“凶神龙”呀，不一而足。

假如有个闪失，他陈龙被邮迷们口诛笔伐也不是不可能。

在集邮界，邮迷们不讲究“秋后算账”，而是马上算账。秋后算账这个术语在集邮界一般没人用。

这一点陈龙最清楚。

陈龙跟尹虎有点像，都很喜欢集邮这个行当，而且在这个行当混的时间都很长。

两者的不同之处在于，尹虎是美院科班出身，懂邮票设计；而陈龙是半路出家，根本不懂设计。

尹虎年少启蒙，从小学画，成功进入了美术界最高学府，因此在专业上对口。

陈龙就不同了。

他的专业比较偏，是个学外语的。更悲催的是，虽然一毕业从事邮票出口还算专业对口，可后来转行邮票发行，他就很难对自己的新行当驾轻就熟了。

作为一个邮票设计的门外汉，陈龙在设计方面没法像尹虎那么专业。

知道了以上事实，我们就不难判断为什么陈龙整天把“年事已高”挂在嘴边，就盼着早日退休回家跳广场舞去。

次日下午，刚一上班，印制局会议室内。

会议的规格非常之高，出席这次会议的主要领导除印制局的马局长外，还有负责邮票设计、编辑、雕刻、印刷各个部门的主管。

马局长来到印制局的会议室，里面已经有几个人了。他们有的小声说话，有的四下张望。再听听他们在说些什么呢?

“今天开会什么事呀？”

“还能有什么？猴年之后是鸡年，应该是鸡年邮票。”

“鸡年邮票发行还早着呢！ 2015 年是羊年，鸡年是 2017 年，这么早讨论？”

“你们不知道呀？陈龙这人十分迷信，人家说‘鸡猴不到头’，他是不是担心到了猴年再设计鸡票会不吉利……”

中国古代算命术中有十二地支对应十二属相的传说：

——鸡对应酉，猴对应申。

——申酉相害，鸡猴自然就不到头了！

“是啊，是啊，没想到陈龙还有个封建迷信的脑袋瓜！”

“人家说的‘鸡猴不到头’是说的婚姻，又不是指生肖邮票，你们这样联想有些牵强附会了。”

“其实，早点安排生肖鸡票的设计还是好。你们看，生肖猴票今年8月份就开印了，按目前印刷进度，估计到了12月也不一定能印完。”

“胶雕车间怎么印得这么慢？要在我们凹印车间里印……”

“别站着说话不腰痛！你们车间有雕刻印刷机吗？”

“有雕刻印刷机有什么了不起的？一套生肖邮票用了半年时间来印，要是把雕刻机挪到我们车间，我们保证5个月就出来。”

“别吹牛啦！你难道不知道慢工出细活的道理？我们局雕刻印刷的质量还不错！”

马局长坐在会议室里面，看着几位争执不下的车间主任，不住地摇头。他也是在印制行业“混”了几十年的老人，用半年的时间来印刷生肖猴票他也不满意。

不过，印制局这台雕刻机也是个老古董了，早就该换了。至于换雕刻机，确实是老生常谈了。上届班子就提出更换，可是哪里来的钱呢？要接近2个亿才能换台新的。这钱什么时间能批下来，当下是指望不上，看来还得在这台老古董机器上想办法谋出路才是啊！

陈龙到了，会议马上开始了。

简单的开场白后，陈龙就把确定新一位生肖邮票设计者的要求说明白了。

“一定要找既有名气，上手又快的名家！”

陈龙已经讲完了，会议进入讨论阶段。

这是个非常重要的阶段，因为此时要确定最终设计人选。

所有的提名、讨论、研究、确定，都是在这个阶段发生的。

大家都在思考，一片沉默。

大家个个面色凝重，比刚才听陈龙开场白时认真了好几倍。

“没人说的话，我先说两句。”马局长说，“生肖猴票的印刷开机仪式很成功，总的来说，很振奋。咱们印制局在生产方面不能拖后腿，因此，我决定围绕印刷质量的提高开展……”

说来说去，也没人说推荐人选的事情。

陈龙恍然大悟：几个月过去，生肖猴票的批量生产已经走入正轨，马局长是借机介绍印刷近况。

“我也来说两句。”发话的是雕刻车间的主任，“马局的措施，非常到位。我认为，生产周期还是比较紧张的，应该安排 24 小时加班——只要人到位了，我表个态，保发行没有问题！”

说起生肖猴票的印刷，陈龙一直没有跟着掺和。他等大家的兴奋劲都过去了，才缓缓开口：“大家说的，我看有点跑偏。我们别忘了今天讨论的是第四轮生肖鸡票设计者的人选……”

尹虎心里咯噔一声：正题来了！

这时陈龙的眼睛盯上了尹虎。

尹虎毕竟从事邮票设计多年，在设计界有一定的人脉关系。陈龙正皮笑肉不笑地等着尹虎的反应。

后者开口道：“陈龙，我知道你不懂邮票设计，但是邮票设计名家的名气你是清楚的，还是在以前我们讨论的范围内寻找！”

尽管尹虎说陈龙不懂邮票设计这句话有点“逆耳”，但陈龙却没有往心里去。人家是实话实说。

尹虎喝了口茶，不紧不慢地补充说：“我们还是在第一轮生肖邮票设计家中选取为好……”

会议室里仍一片死寂，没人搭话。

大家知道，这时候不插嘴为妙。

只有武马说道：“这个……第一轮生肖邮票的设计名家还是有几位的……要不？”这家伙这阵好像有什么心事，说话犹豫不决。

陈龙觉得应该集思广益，让更多的人发表意见，就没开腔。

果然，尹虎提出建议：“我看这讨论蛮有意思的，说了半天到底选谁呀？你们都不推荐，我先提一个人选，请韩美林先生设计如何？”

建议一出，有如下评论：

——“韩先生的设计风格目前过于偏重装饰。”

——“也不一定，水墨的画法韩先生也擅长。”

——“其实，第四轮的生肖设计风格既不完全水墨，也不完全是装饰，是两者的结合。”

听了几个人的议论，陈龙一直“观棋不语”，可是心里清楚：

——人选的事情今天一定得定下来，设计者才是一切的根本！

——设计图稿要尽快通过，后面还有雕刻、印刷工艺等一大堆事情，任务还是颇为繁重的！

——如果在设计人选上迟迟举棋不定，时间一耽误，还真是够让人头疼的。

武马：“我思虑再三，觉着韩先生是合适的人选！”

大家看着陈龙磨磨唧唧地考虑，说道：“陈龙，时间不早了，赶紧拍板吧！”

眼见着天已经黑了下来，很多人的意见也都发表了。陈龙注意到很多人的脸上多少有了一些倦意。再讨论也是浪费时间。

“我来做一下总结！”陈龙擦了把汗，不再给别人开口的机会，直入主题，说道：“就定韩美林了！关于他的设计风格，也没有什么可担心的，韩老爷子是位全才，只要我们把设计思路说清楚，他那里是没有问题的，这一点大家尽管放心！”

好嘛，领导终于表态了！于是，大家轰然叫好。

大家能不叫好吗！

设计生肖鸡票，尹虎头一个就想到韩美林。

还不只尹虎一人，陈龙想的也是他老人家。

这说明什么？这说明，谁都知道韩先生的作品设计成邮票，想不火都不行。

几分钟以后，请韩美林设计第四轮生肖邮票的消息就被部分参会人员用手机短信传出去了。

陈龙最后说："这件事，我总牵头。"

尹虎点点头，心想：你总算牵头了。

但陈龙接下来说的他就不爱听了："……还是请尹虎先行联系，就这样，散会。"

事情就这样定下啦！

陈龙临走又和大家逐一握手："各位辛苦了，还得辛苦一阵子！"笼络的意思已经是明摆着的了。

别以为这些车间主任、领机什么的在印制局都是芝麻绿豆的官儿，眼下可是用人的关键时刻，给大家鼓鼓劲是必不可少的。这一点陈龙深深地懂得。

方才还满满一屋子人，转眼人去屋空。

尹虎独自坐在角落里，望着天花板出神。他此刻在想什么，是件很难猜的事。

尹虎看到陈龙开完会拍拍屁股就走了，很不开心：也不问一问我有没有困难？你是不是觉得这件事很容易就能办到？告诉你，任务我可以接，但是有条件的！

"这会就开完了……"好在武马留了下来，"尹虎，这个任务只好你先接下来……"

但是刚说完"你先接下来"就被尹虎打断了："武马，我没别的意思。陈龙不能把事情简单布置一下，就像没事人一样走了！"

武马赶紧表示："陈龙不会的……他不会是'甩手掌柜'的。"

但又被尹虎打断，认为这件事就这么简单布置一下，说他是"甩手掌柜"，一点都没冤枉他！

相信几乎所有人读到这里，都会为陈龙到底是个什么人感到疑惑。

读过前面章节的人会对这个"甩手掌柜"新称呼提出异议：他不是催命鬼吗？现在怎么又变成了甩手掌柜了？

反差太大了。

其实，这也没什么值得质疑的，陈龙就是这么一个人，反映出他工作粗拉的一面。

尹虎心里一阵哭笑不得！

不过看到"敢怒又敢言"的尹虎，武马心里倒是大大松了口气。

武马好言相劝："陈龙这样做也是有考虑的，主要是相信你的能力，能者多劳嘛！"

"这句话我爱听。"

"其实这件事，你和陈龙才是主角呢！尤其是你，这设计风格，你要多考虑！"

尹虎转念一想这话很有道理，团队中的四个人里，就自己是学设计的，自己不考虑怎么行！

武马本来还想说两句，但看到尹虎的脸色还没有完全恢复，于是很识相地走开了……

第五章　三个条件

其实，在请韩美林设计鸡票这件事上，尹虎还是极有压力的。

原因很简单，一年前，请黄永玉先生设计猴票，就因为联系上的事情，耽搁的时间较长，被陈龙批评得万念俱灰，就差没到厌世的地步了。

这一次，尹虎尽管接了这个任务，可他还是单独约了陈龙。

他当面提出了几个条件，而且一个比一个苛刻：

——至少需要两个月的时间；

——中间不得催促；

——特别是不能出现人格侮辱式的催促。

简直是霸王条款。

要说尹虎是正当防卫，也无可挑剔。

你想想条件这么苛刻，陈龙就是想批评那也是痴心妄想……

尹虎本来期望着陈龙能关切的询问一声“就这么几个条件？”他也好顺杆继续讲下去。

后来尹虎回忆说，假如那天再给他点时间，他至少会提六个条件。

但是陈龙一言不发，张着大嘴发愣。

这也不能怪陈龙。

尹虎这种人的思维跳跃性很大。

陈龙当时正忙着消化一些关键词：

——两个月？后面的雕刻布线、打样还有时间吗？

——不能催促？打电话询问一下算催促吗？

——人格侮辱？了解进度也算人格侮辱吗？

具体到这些关键词描述的是否准确，陈龙倒也没什么反驳的理由。

于是，陈龙一口答应。

不过他还是嘱咐了尹虎一句："时间不等人，最好不要超过一个月，要给雕刻、印刷留出足够的时间。"

要论画画实力，韩先生是画坛高手，又设计过第一轮生肖猪票，邮票设计的经验自不在话下，是个再合适不过的人选……在当今美术界，韩先生的名气太大了！

但是经验告诉他，名气越大越不好请。

是不是先找韩先生的夫人问一下？

让韩先生的夫人先帮忙做一下工作，效果会更好，尹虎琢磨出这样一个思路。

好在以前同韩夫人打过交道。于是，尹虎就先给韩美林夫人周老师打了个电话。

事实上，韩夫人听到这个消息当时并没有感到高兴。

"尹虎，我们家美林最近有点忙，不一定有时间接这个任务。不过，我先征求一下他的意见，过些日子告诉你。"

撂下电话，尹虎晕头转向地坐在办公室里，耳边回响着周老师的声音：

——韩先生最近很忙。

——先要征求他的意见。

他忽然有种不祥的感觉：

——韩先生要是近期忙的话，会不会不答应？

——邀韩美林不一定比邀黄永玉容易多少。

他心里一直忐忑着，用煎熬来形容比较恰当。

因为他心里有个童话般的梦想，那就是在四轮生肖邮票的发行过程中，只有第二轮和第四轮是两枚一套，机会难得。

而恰恰是第二轮的两枚一套的设计诟病最多。

他力争这第四轮的设计效果要超过第二轮的设计。

为了这个梦想，什么样的磨难他都可以忍受。

打完电话的第一天，他耐心地等待。

打完电话的第二天，他就开始默默祈祷。

更痛苦的是那两天股市大跌，手里的好几只股票跌到了谷底。不好的预兆，让他的心里凉了半截。

没想到没过几天，这几只股票一路飘红，挣了个盆满钵满。

他觉得这是个好兆头，于是对于等待则更有耐心。

关于请韩先生设计鸡票，还有需要补充的地方：

——那天开会，陈龙很高兴：请韩先生设计鸡票的事情尹虎接过去了。

——尹虎在陈龙身上发泄了一顿，内心平衡了不少，心情舒畅。

这叫“双赢”！

至于请韩先生设计，尹虎是这样想的：自己完全有时间斡旋，一个月的时间怎么都能搞定。只要陈龙不在后面催命就好！

事实证明他太低估陈龙工作的方式方法了。

其实，整个过程陈龙一直在关注。

如前所述，近些年，陈龙的智商又有了下降的趋势，他干起事来不婆婆妈妈地才怪了。

是的，那尹虎被眼前的这个陈龙深深折磨着。

催命技术哪家能？中国邮政属陈龙。

过问自不必说，接连几次电话里询问：

“韩先生那里有进展吗？”

“这才几天呀，人家让等待消息，有消息我会马上报告。”

“这又过了几天了，韩先生那里总该有消息了吧？”

“没有消息，听说韩先生去法国了。”

“去法国？”

“就是，法国我也去不了。要不，你派我出差去法国，找一下韩先生。”

这个要求实在是无理。

去法国可不行，韩先生在那儿的灵感只能画高卢鸡……

陈龙发现自己还是什么都不问的好。

不过，陈龙依然觉得，尹虎的行动还是不够迅速。

尹虎隐约觉察到，陈龙对约稿的进展还是不满意。

——不是说好了，时间是两个月吗？这才过去几天？

——不是说好了不催促吗？这三番五次的电话算什么？

数次之后，这个疑惑算是坐实了。

尹虎开始感觉到一种莫名的不满：这陈龙对别人都慈眉善目的，唯独对我……

尹虎从事邮票设计的编辑工作，已经二十年有余。全凭自己努力，没有虚度。

特别是去年，又同陈龙他们一起参与了第四轮生肖猴票的策划，请黄永玉先生出山设计猴票就是他想出来的。

不过这个话可不能总对别人说，他也知道生肖猴票的成功是团队努力的结果。

请韩先生画生肖鸡票尹虎还真当回事办了，没想到出奇的顺利。

时隔不久，韩夫人回来电话说："尹虎，有消息了，我家美林答应了。"

"是吗？太好了！"他差一点笑出声来，然后及时制止了。

几乎是与生俱来的沉稳告诉他，镇静。

"你怎么不相信？"韩夫人笑哈哈地说："找个时间过来一趟，我们面谈。"

接下来，尹虎表现出良好的定力和沉稳能力。

他想过，陈龙每天这个时候都会打来电话，电话中问："尹虎，进展如何？"

今天我倒要看看他在电话里是什么语气？

然而今天这电话迟迟没响，这可有点怪。

是不是天天一个电话，自己都烦了？

不过他心里还是安慰自己，说不定他在开会，抽不出时间打电话；或者等不及了，一个人跑来不声不响地敲门，也说不定。

然而尽管门外不时有人走动，就是没见陈龙影子。

尹虎的脑子里开始乱想了：他……不会是真的生气了吧？那天我的话说得够重的，可那都是玩笑。

但是这个念头被他否定了。陈龙不是那种人，他不会那么小气。

在一片死寂中，他终于听到"笃笃，笃笃"的敲门声。

尹虎乐了，心想，陈龙呀陈龙，你坚持不住了吧？

然而传来的是未洋的声音："尹虎老师，在吗？陈龙请你去他的办公室！"

想陈龙，未洋到！

于是，他急匆匆地来到陈龙的办公室。

陈龙看见尹虎走进自己的办公室，就迫不及待地问："尹虎，这两个月的时间可快到了！"

"我知道，不过还差几天才到两个月！"

陈龙知道，确实还差几天。于是舒缓了语气："你知道的，我可一直没催你呀！信守承诺吧？"

"知道啊，你一天一个电话不算吗？今天怎么没打电话？"

"今天有会，还没来得及打。有些事想当面聊聊。"

"聊聊？这不叫催吗？"

"这不能叫催。工作上的事还是当面说得清楚。"

"陈龙，别催了，有消息了！"

"是好消息吗？"说完这话，他自己都是一愣，"难道……你是说……"

"没错！周老师来电话了，韩先生同意了。"

"周老师是哪一位呀？"

"周老师你都不知道，韩先生的夫人。"

"走的夫人路线！你辛苦了！"

"辛什么苦，份内的事！这次要感谢周老师，经过她的斡旋，韩先生很痛快地答应了。"

陈龙悬着的心终于放下了！

那天晚上，尹虎带着喜悦的心情回到了家。

第六章　天书之谜

北京东郊通州韩美林艺术馆。

这时候需要介绍介绍本书的主人公韩美林了。

不过，关于韩先生的年龄，那是相当的难介绍：

瞅他的面相，红光满面，六十来岁；

睹他的身体，步履轻盈，五十有余；

观他的思维，细致缜密，四十出头；

再看他的性格，开朗豪爽，分明是三十岁才有。

就在陈龙几个人还在讨论生肖鸡票的设计人选的时候，韩美林先生正神采奕奕地接受着记者的采访。

“韩老师，听说您刚刚获得了联合国教科文组织颁发的‘和平艺术家’大奖？”

“是的，俺刚从巴黎领奖回来。”

“韩老师昨晚刚刚到家，时差还没有倒过来。”端着咖啡进来的韩夫人插了句话。

她把咖啡放在韩美林和记者面前的一张小圆桌上。

好多人都知道，韩美林凭着他所具有的艺术功底，凭借他的刻苦和努力，在中国创下了一份令世人瞩目的艺术产业。

以他名字命名的艺术馆就有三个了。

这份成就实际上的价值，恐怕很难用金钱来计算。

“韩老师，祝贺您成为我国获得‘和平艺术家’大奖的第一人！”

“话不能这样说，俺还真不是第一人！”

“还有别人获得过这个荣誉？”

“在俺之前已经有中国艺术家获此殊荣。”

“怎么没听说过？还有谁呀？”

“以前获奖的有中国残疾人艺术团、电影演员巩俐、昆曲艺术家张军。”

听到韩美林的回答，记者脸上流露出惭愧的表情。

“韩老师，能说说您领奖的情景吗？”

“领奖？”

“是啊，您领奖时说了些什么？”

“俺说了三点。”

“哪三点？”

“‘和平艺术家’不仅是一种殊荣，更是一种使命、一份责任。”

“讲得好，有高度。第二点？”

“积极参与到联合国教科文组织各类与文化艺术教育相关的工作与国际交流。”

“那最后一点？”

“做好‘韩美林80艺术大展’以及致力于保护挖掘中国古文字——‘天书’的工作。”

“天书？那是什么？”

“难道你不知道天书为何物？”

“韩老师，本人愚钝，确实没听说过！谁发现的？”

“俺在老家济南发现的。”韩美林得意洋洋地说，一双眼睛里迸射出光芒。

“济南？”记者当然晓得济南在什么地方，可就是没听说过那里有“天书”。

“怎么发现的天书？能给我们描述一下吗？”记者有些不解，当着大艺术家的面不知道天书为何物，本来就是很丢人的事，还好抓住了当面讨教的机会。

韩美林陷入深深的沉思。

记者大气不敢出一口，静听下文。

韩美林摸了摸下巴，说道：“要说俺和天书的缘分，得从俺很小的时候说起。”

“那时您多大？”

“俺也就六七岁。”

记者皱了下眉，心想这天书有段历史了。

书中暗表，韩美林家在济南的大布政司街。这条街附近有皇亲巷、尚书府、司马府等遗址。司马府后门旁有一座庙，庙里有土地爷，没有老道。

韩美林：“俺和小伙伴们常常在庙洞子里玩。”

“韩先生小时候一定是位敢把天捅出窟窿的主！”记者心里盘算，可是没敢说出口。

记者猜测的没错，小时候的韩美林出奇的淘气。

有一天放学早，调皮的韩美林无所事事，一个人来到土地庙。在那里玩了将近一个小时，没见到一个人影。他习惯地打量着四周，映入眼帘的是关公像、观音像、观音殿。

韩美林看着天色，满腹踌躇：天不早了，是多玩一会儿，还是回家……

正纠结着出神，土地爷像引起他的注意。

他心想，这个土地爷挺好玩的，造型挺怪。过去看看，看完就回家。

他伸了个懒腰，走到土地爷旁。没想到在土地爷像屁股后的那个洞窟里面发现了东西。

韩美林不相信自己的眼睛。因为，这种发现，只能在梦中成立……

他伸手一掏，是书！

一本、两本、三本……

越掏越好奇，后来掏出来的还有印章、刻刀、印床子。印章料有石头的、木头的、铜的……

一阵微风吹来，吹醒了愣神的韩美林。

那好奇劲儿、那兴奋劲儿就甭提啦！

韩美林蹲在地上，一边好奇，一边研究书中奇怪的字形与图形。这些字体交织在一起，组成一个个似书法又似绘画的图形。而韩美林，已经疑惑得说不出话来。

这些字形与图形均以书法的形式呈现，字形的结构与传统的汉字没有太大的区别。只是在传统汉字中找不到这些字形与图形对应的字意。

一般人看到这种繁杂的字形与图形估计脑袋都得发晕，而韩美林兴奋得难以自已：这字与画的结合是何等奇异的画面！

从那天开始，每天早上起床之前，韩美林都要在自己的脑海里过一遍这些奇异的字体和图形，揣摩着这字中和图中的含义。有了一点感觉之后，才会睁开眼。然后他还要在心里默记着这些字和符号的灵性……

觉得一切都了然于心了，他的一天才正式开始。

从此之后，韩美林就像失了魂一样，放学后总会转悠到土地庙来。

后来，韩美林又在土地爷像屁股后面发现了一本《四体千字文》、一部《六书分类》、两本《说文古籀》。

韩美林心中有两个疑团整整困扰着他的一生：

——这土地爷像屁股后面的那个窟窿难道是个“聚宝盆”？

——是谁将这些东西放到这里来的？

这是韩美林此生第一次接触的古文字。这些像图画一样的文字对一个孩子来说，既好奇又好玩。而韩美林又喜于绘事，更是爱不释手，专心研究起了这些图形。

他发现，看似简单的文字和图案中有相当多的奥妙。但是，随后想理顺又理不顺其中关系的时候，他的脑子又转不动了。并不是你一门心思独想一件事情时，就会有顿悟。顿悟并不存在简单一说。

简而言之，文字与图案间的实际来源如下：

有的来自远古的文字本身：如甲骨文、钟鼎文、篆书、金文、泥封、印章……

有的来自古代的岩画、图案、部落图腾、族徽……

不能让这些宝贝无家可归！

后来，他偷偷把书一本一本拿回了家。直到小学毕业，这几本书就没有离开过他。再后来，它们成了他的“终身伴侣”。

“这些书影响了我的一生，让我与篆书相逢，也将我领向了与天书结缘之路。”

在后来的艺术创作中，从小研究的东西会给他时时带来灵感。

当然这些灵感来不来，以什么方式来，什么时候来，就连他自己也说不清楚。

当然这些奥妙，韩美林觉得讲了，记者也理解不了。

研究“天书”是韩美林一辈子的爱好。

记者一听兴趣更浓。

“韩老师，这‘天书’的名字是谁起的？”记者闪着大眼睛好像一个好奇宝宝似的发问。

他对韩美林的过去似乎很了解，可是第一次听说天书，还真有几分神秘莫测。

韩美林放下手中小小的咖啡杯，回忆道：“当年俺把将近一万个难认、难懂的字拿给季羡林先生看。”

“国学大师季老先生？”

季老当时虽在病榻上，但对这些字充满了兴趣。

他不厌其烦地问这问那，对这些文字深感震撼，不时惊叹。

于是他笑呵呵地问：“美林，这些字你怎么看？”

“一开始当然不明白，可是后来琢磨出一些含义。不过更多字的含义还是不清楚。”

“哪些字？”

“就是拿过来给您看的这些字。”

季老反复看了看，也感觉无从解释。

毕竟，季老原来也没有接触过这些字。

“您觉得俺研究这些字有价值吧？”韩美林真诚地询问季老。

“这是老祖宗留给我们的财富，这是‘天书’，当然值得研究！”

这就是“天书”两字的由来。

记者听着，也像听天书一样神奇！

第七章　浪漫的爱情

韩美林的朋友们都知道，韩先生和夫人——周建萍老师十分恩爱。

韩先生和夫人是如何相爱的?

媒体多有介绍。

原因很简单，过程很浪漫。

很多人不知道，韩先生这人心里的梦想其实不比别人少。自己为梦想努力了一生，什么财富、名气、尊严，什么城市雕塑、艺术馆，这些他都有了，但他最渴望的还是有个家。

机会来了。

新世纪之初，韩美林在谢晋导演的家乡浙江上虞洽谈巨型城雕《大舜耕田》制作时，结识了美丽、端庄、聪明的才女周建萍。

周建萍早对韩美林的艺术才华深为佩服，两人协作终于使这个巨雕顺利完成。

有次韩美林打趣地对周建萍说：“建萍，想不到你对美术创作这么熟悉，你的办事能力这么强，如果你能到俺的工作室来帮助俺，俺真会生出翅膀来飞翔了。”

"韩老师，您这样高深的殿堂我登得上吗？"

周建萍刚说完，韩美林就满心期待地说："俺真希望你能来。"

殊不知，在此之前，电影导演谢晋曾对周建萍说过，要把她托付给一个人，没想到这个人向她发出了邀请……

两人最初的相识，全拜谢晋牵线搭桥。

后来韩先生回忆道："和你刚刚接触的一瞬间，俺就强烈地感到你身上散发出一种妙不可言的温柔气息。"

就这样，与韩先生年龄相差28岁的周建萍，在韩美林65岁的时候，走进了他的生活。

不过，那时候的韩美林并没有想到，对方以后会成为自己生命中不可或缺的一部分。周建萍也没有想到。

要不是因为后来的一件事，他们俩恐怕还真不会有什么交集，顶多是好朋友的关系。

这事牵扯到后来韩美林突然患病。

一天，韩美林突发心脏病，病情十分严重，住进了医院。

在送往医院的路上，韩美林不住地用山东话说："俺真难受！"

他们办好了手续、交好了押金，顺利入住病房。

护士小心问了几句，把住院表填完：

姓名：韩美林。

住院理由：心脏疼痛。

致病原因：不详。

"韩老师，您喝酒了吗？"

"嗯，俺没有……"

"您剧烈运动了吗？"

"没有，俺这岁数还剧烈运动？"

“护士，别问了，韩先生的画被偷了，急火攻心！”

可能你也猜到了，说这话的是周建萍。

得知韩美林病了，她就匆忙赶来了。

有专家大夫赶紧给韩先生做了全面检查，然后脸色沉重地说：“得马上做手术，要不有生命危险……”

周建萍：“大夫，能不能……”言外之意，能不能保守治疗，不做手术。

大夫一愣：“您是何人？”

“我是韩先生亲属。”

大夫只好又重新诊断了一会儿，语气坚定地说：“必须马上手术，而且越快越好……”

当时的情况是韩先生就要被推进手术室，一路上，周建萍泪落如雨。

“别怕，手术的时间不长！”

“俺不怕！”

“放心，手术一定能成功！”

“俺放心！”

“上帝会保佑你的！”

“俺知道！”

韩先生明白也许这是自己在世上最后的一点时间，他定了定神，开始诉说：

——他告诉周建萍，好好活下去。

——他告诉周建萍，自己还有许多未尽的事业。

韩先生絮絮叨叨说完，等着被推进手术室。

“坚持住，我等你。”周建萍带着哭腔说道。想到韩美林这一去吉凶难料，她心都碎了。

手术论证会

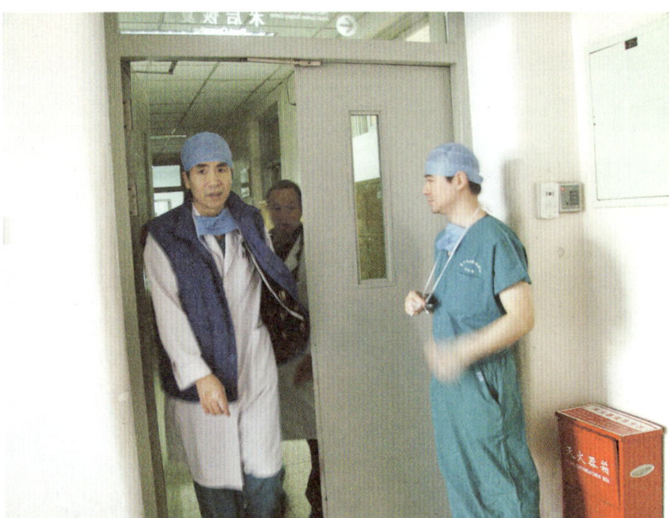

从手术室出来的『胡一刀』

“俺会的……”韩美林本来还想说什么，然而听到周建萍这句话，却哽咽得说不出话来。

他这时心里又活了过来，觉得自己还有惦记他的周建萍，不能就这么放弃。

韩先生的病例档案里提到手术经过只用一句话带过：手术不利。

实际上手术中发生了意外。一根动脉血管在手术中突然爆裂，血顿时喷溅出来。

病情危急！

几位著名心血管专家闻讯全赶到手术室，一场和死亡的战斗在手术室紧张地进行着。

此时，周建萍手里握着的是一张医院发出的“病危通知书”。她的手心里全是汗。

从手术室出来，韩美林被送进了全封闭的监护病房，仍然没有脱离危险。

监护病房进不去，周建萍就在门口徘徊。

偶然中听得护士之间的对话：“就算活过来，也是一个呆子。”

周建萍一听，心立马悬了起来！

好不容易等到晚上，她乔装成护士，端着早已准备好的一碗甜沫，悄悄溜进病房，来到韩美林的床边。

这是韩美林自小喜欢的一种食品。

一勺甜沫喂进他的嘴里了，浑身插满管子的韩美林眼睛紧闭却张开了嘴。

她贴着他的耳边轻声问：“告诉我，你吃的是什么啊？”

韩美林居然说话了：“甜沫。”

再问：“甜沫里少了什么？”

回答："花生、豆腐丝。"

因害怕插着呼吸器的美林吃东西不方便，所以她没敢在甜沫里放这两样东西。

当下周建萍欣喜之极。

值班医生正好过来，生气地把她推出病房。

她再也抑制不住内心的激动，靠着墙壁，幸福的泪水尽情流。

后来韩先生回忆说，假如那天没有周建萍的这番话，他在手术室里就不一定能挺过来了。

事实证明，那天是虚惊一场。

几天后，医生宣布韩美林脱离危险。

在住院的两个半月里，周建萍一直陪伴在病床边，困时就趴在韩美林的病床边打个盹。

韩美林感动得常常对着周建萍说："俺何德何能，竟受如此优待！"

善良的周建萍总是嫣然一笑，用手去堵他的嘴，不让他说。

韩美林和周建萍就这样相爱了。

医生说，像这样严重的疾病能恢复得这样快、这样好，简直是奇迹。

病愈不久，韩先生开始投入创作。没想到，灵感犹如神助，有时一天竟然能出400多张构思稿。

韩先生感到从来没有像这样精力充沛过。他兴奋地对周建萍说：俺创作的黄金时期到了！

我们知道刚从鬼门关回来的人会对生命更加珍惜！

一次，韩美林带了一大批精心制作的泥坯去河南禹州烧制钧瓷。

钧瓷是中国五大官瓷中最华贵的一种。河南禹州是钧瓷的发源地。韩美林很多国宝级的陶瓷精品都是在这里烧制完成的。

周建萍知道后赶过去探班。在机场她只看见韩美林的学生小张、

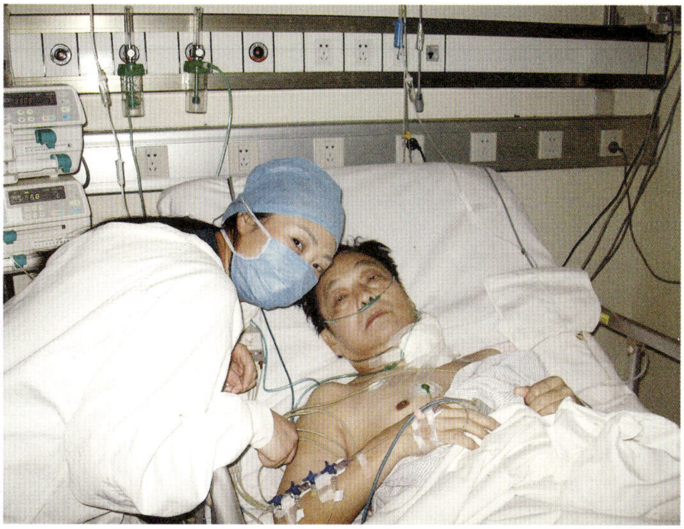

周建萍在 ICU 病房陪伴韩美林

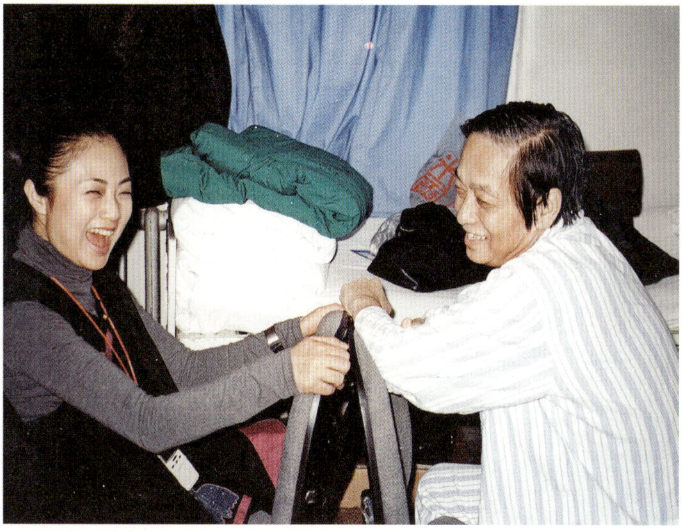

重生

小王接机，没见到韩美林的身影。

一路上她心里不停地打鼓：

——听说韩美林自己不会照顾自己！

——不会，他身边有工作人员……

——不好说，也许忙起来就顾不上吃饭了。

——他的艺术品烧制得怎么样了……

——烧制钧瓷是讲究火候的。

还没见到韩美林，她就已经有了那么多的担心。

说实话，她很是惦记着他。

她后来自己也承认，一离开韩美林就惦记得不行。

敲开韩美林居住的房门。

韩美林假装吃惊地问："你怎么来了？"

周建萍吭哧了半天，终于承认了："惦记你了呗……"

韩先生听后笑了半天："你真行啊，千里追夫啊。"

周建萍："我还没答应嫁给你呢。"

平心而论，周建萍的主张不无道理。生活在当下的人都知道，女孩子对自己的婚姻更为谨慎。

笑完后，韩美林夸张地做了个请进的姿势。

一进屋，周建萍顿时呆住：一张大床上铺满了一幅幅巴掌大小的画，其中大多是各种小动物。

韩美林紧随其后，做出讨好的调皮相，说："这是俺送给你的礼物。"

周建萍听了感动不已，再仔细看，每幅画都是一只可爱的小动物，神态各异，栩栩如生。

一数，竟有179幅！

后来周建萍为这些小画配了100多个小故事编辑成书。

专心烧陶

烧瓷

文艺出版社计划在 2016 年 12 月的韩美林国博大展时出版，以此纪念韩美林与周建萍结婚 15 周年。

书名叫《永不凋谢》。

……

不过接下来两人又犯愁了：如何说服建萍的父母？

两人毕竟年龄差距较大。

“我去找父母谈吧。”周建萍提议。

韩美林摇了摇头：“相信我，我可以说服父母……”

“你找老人家谈不好……”

“我的事情我不找？难道你去找？”

这个问题双方已经无数次磋商，但始终没有达成一致。

关于这个问题，韩美林已经想好了，他要给老人写信。

以下是韩美林写给周建萍父母的信，情真意切：

“一切的一切，请二老放心的是，我深知人间冷暖，更知道真情难得，综观建萍从头到脚只一个‘纯’字就够了。……我认为男人掉泪犹如懦夫，我是个几生几死的人，眼圈里打转也不掉泪，但我不相信现实里会有建萍这样的人杰，每次见到她都‘热泪一点’，再也不愿绝了这样的朋友……”

以上的描写可能会有人不大信服——这么大的事情就凭韩美林的一封信就能搞定了吗？

后来的事我们都知道了。

老人很开明，点头答应了。

对于老泰山的决定，韩美林尤其感到欣慰。

这件事听起来很浪漫。

不过在那之后不久，韩美林又干了一件更加浪漫的事情。

2001 年的最后一天，在北京中国美术馆，正举行一个名为“韩美林艺术展”的展览。

就在开幕仪式正式开始时，主持人宣布由本次展览的主人公韩美林先生讲话。

众多前来参观的嘉宾静心屏气地等着他宣布：艺术展开幕。

然而这时，韩美林说了这样一句话：“俺宣布，俺和周建萍结婚了。”

全场愕然了很短一阵时间，接着爆发了热烈而持久的掌声。

两人总会回忆起新婚之夜的幸福时光。

韩美林还记得那天自己在喜宴上喝多了，头很晕，看着天花板不停地傻笑。

周建萍两颊红润，一脸憧憬，好像看到了美好的明天——“明天……明天……比蜜甜！”

在绍兴周建萍的爷爷奶奶坟前

去上海看望韩美林的大哥一家

美丽的新娘

我的眼里只有你

第八章　三字箴言

我们知道比较有名的艺术家一般来说很忙，没有时间干一些“俗事”。比如处理家务。

这是韩先生最不愿干的活儿。

画画就不同了。

因此，韩家的家务都由他的夫人周建萍来打理。

对于这种现象，史称：“男主外，女主内”。

韩先生还有一个特点，除了画画以外，其他什么事都犯糊涂。

可是，他的夫人周老师精明仔细，大小事宜都帮韩先生打理清楚，甚至小到一支毛笔和颜料放在哪里，都要吩咐到。

为此，每天韩先生迎来送往、画了什么画、写了什么字，周老师总是记在一个笔记本上。

外人以为是记“豆腐账”，其实是在把谁来过电话，谁登门拜访说过什么事都记录下来，生怕先生一时忙起来，就给忘了。其实，不能说韩先生记忆不好，过去的很多事他都记得清楚。

这天，韩先生从外面回来，周老师眉开眼笑地迎上去：“美林，外面冷吧？”

韩先生赶忙答道：“还好，还好！”然后摘下围脖。

周老师：“我来，我来！”连忙接过来。

韩先生脱去大衣，周老师：“我来，我来！”连忙挂在衣架上。

韩先生脱下皮鞋，要换上拖鞋，周老师：“我来，我来！”连忙把拖鞋递过去。

之后，周老师和韩美林面对面坐下，拿起刚沏好茶的茶壶，倒了一杯茶，递过去：“美林，喝杯茶！”

韩美林接在手里，一仰脖子，喝了一杯。

周老师满脸堆笑，又倒了一杯，递给韩美林，说道：“美林，累了吧？”

说完，周老师再给自己倒了杯茶，韩美林又是一口，喝光了。

原来韩美林这天真是渴了。

韩先生心想，这夫人今天一定有什么喜事！

他注意到自己进门的时候，夫人在小本子上正记着什么，搞得他既窦疑丛生又纳闷不止，索性问个明白：

——建萍，记什么呢？

——猜。

——哟，一定是有人求画求字！

——不对。

——莫不是政协有会？

——也不对。先生再猜。

——难道是有人请我参加什么画展？

——也不是！先生再猜一猜。

——建萍，那俺猜不着。

——真是没想到，是中国邮政请你画生肖鸡年邮票！

“此话当真？”韩先生有些不信。

不过，他马上认识到自己问这句没什么必要。

那些天，媒体上连篇累牍地报道黄永玉先生画生肖猴票的事情，韩先生不会不知道。

猴年过后是鸡年，鸡票谁来画？

稍加分析，就能分析出来，分析的依据是这样的：

——韩先生是当今最为活跃、最有名气的大画家之一；

——当今重大的活动，如北京奥运会，都会有先生的作品出现；

——生肖邮票在中国太有影响了！

这些因素交织在一起，结论就是——这画鸡票的差事非他韩美林莫属！

这样一分析，他的情绪一下子高涨起来了！

夫人看到先生一副高兴的样子，忍不住问：“美林，生肖邮票你有三十年没画了？”

“有了！上一次是1983年的猪票。”

“画生肖邮票同一般的邮票不同！”

“有什么不同？不是邮票？”韩美林不解。

他多想慈祥地告诉妻子：“建萍，这画邮票和画画本没有什么区别！”

“我刚才在网上查了一下，网上说画生肖邮票有三字箴言。”

“三字箴言？信佛可是六字箴言。”

“我写给你看。”夫人用手指蘸着茶水，在桌子上写下四个字。

韩先生一愣，不是三字箴言，怎么写了四个字？

定睛一看，左边是“三个”，右边是“技能”。

韩美林一愣："技能，什么技能？难道你怀疑俺没有画邮票的技能？"

夫人笑道："那倒不是。我在网上看到的，画邮票有别于画画的技能有三种，设计邮票时必须具备。这三项技能要是欠缺一项，邮票就画不好！"

韩美林听后一愣："建萍你说，到底哪三项基本技能？俺画画至今有几十年了，不信有欠缺的技能！"

韩先生压根猜不出三项基本技能的含义。

夫人不得不一一解释。

"画邮票的三项基本技能是：'大小巧'。"

"好玩！什么叫'大小巧'？"

"让我向你一一道来。我告诉你，'大小巧'，这简单地说，'大'是指邮票的影响大，全中国有上千万集邮爱好者，邮票，尤其是生肖邮票发行数量有大几千万，还出口到海外，你说这影响是不是很大！"

韩先生看着夫人兴致勃勃的表情，声色不动，这生肖邮票的影响谁都知道的！

"'小'是指邮票的票幅很小，你善于画大画，大画缩小成邮票，这里有很多学问。"

韩先生不耐烦地咳嗽了一声："夫人，接着说吧。"

"'巧'是指讲究技巧，画面突出什么？用什么画风？怎么画出效果？都是有讲究的，有技巧的。"韩先生紧皱眉头，脸上毫无表情。他也知道，夫人兴致正浓，不好轻易打断。

于是他告诉夫人："你继续讲吧。"

"为此，画生肖邮票，是要巧妙地表达邮票想要表达的内涵，是讲究技巧的。"

“这样呀！”韩先生苦笑不已。

“不开玩笑，‘巧’虽然是最后提出来，其实是首要条件，因为其他两条很好把握。这上述三条，简称，‘大小巧’。”

韩夫人重复频率比较高的词汇是“技巧”。

先生一脸的不屑。

前面说过了，韩先生的技能太多了，哪一项都比画邮票复杂。

听了半个多小时之后，韩先生决定插一下话：“没想到归纳得很全面！只是这‘大小巧’三项基本技能俺全会，俺是三项全能冠军。”

其实这是一个象征的说法。

不象征的说法是：俺是项项皆通、门门皆精。

韩美林道：“首先，大，这个你知道，俺画过北京奥运会的吉祥物，它同生肖邮票比起来，不知哪个影响大？这点无需多说；小，这个你就更清楚了。不是俺韩美林夸口，俺画过多少小画，都是手到擒来，点石成金……最后一条，你说的是巧，哈哈哈哈，巧，俺画的画还不巧，一张白纸上，俺就可以画几窝鸡。这还不够巧？另外，俺什么风格都能画，写意、写实、装饰都行，手到擒来。”

“是的是的，美林，就当我没说过……”

周建萍很自觉给自己找了个台阶。

韩美林喝了口水，续道：“建萍，你说的三项技能，俺都过关。自己给自己打分，优秀。”

我们知道韩先生的技艺涉及的门类很多，但是具体有哪些，还需要说明一下。

这么说吧，至少涉及到写作、绘画、书法、篆刻、雕塑、陶瓷、印染等七八个门类。

“说得好，分析得对。”

夫人赞许地鼓了两下掌，然后扭过头去，出神地望着窗外的夜空。

不知什么时候月亮露了出来。

韩先生沿着夫人的目光望去，也妇看夫随地对着一轮明月愣了一会儿神。

得承认，在美景的作用下，人确实很神往——对生活、对未来。

韩美林夫妇深切地感受到了。

两人对即将到来的鸡票设计任务充满了期待！

第九章　机器不转，企业完蛋

假如你到过印制局，就会知道，这家具有几十年厂龄的企业，居然坐落在北京南城的牛街居民区。

因此从外面看它怎么也不像是个现代化的印制大企业。

正当马局长全神贯注研究生肖猴票印刷进度的时候，传达室门卫打来电话说，邮政集团公司一个叫武马的人来了，让不让他进去？

武马是受陈龙的指派来了解生肖猴票印刷进度的。

他来到邮票印制局时是傍晚了，已经过了下班的时间了。按规定，传达室门卫在这个时间是不会让他进厂的。

门卫给马局长打电话的时候，武马在门口百无聊赖，背着手眺望着天边的晚霞。不知怎么，他想起了在印刷学院学习的日子。继而回想起马局长那时候的容貌。

很多人不知道，他们年轻的时候曾经在同一所印刷学院学习过。

武马当年上印刷学院，是被父亲逼的。老爷子当了一辈子印刷工人，希望儿子能子承父业。

武马的同窗们情况就不同了，除了个别几个人，心甘情愿入印刷学院学习的并不多，一般都是第三、第四志愿入学的。

唯独马局长是个例外。此人第一志愿就是报考印刷学院。

印刷原理学起来很枯燥，别的同学基本对学业不感兴趣。偏偏马局长无比热情，印刷专业课那么枯燥他都不打瞌睡，对印刷工艺如数家珍，甚至能把公认无用的印刷油墨配比公式生生背下来。

马局长还以学习认真，成绩优秀著称。

在宿舍里大伙跟马局长都聊不到一起去，因为一旦话题涉及到印刷，他就兴奋得不行，满嘴都是专色、实地、叼口、出血等印刷名词，说到兴奋处，追着你能说好几个小时。

总之，马局长一直在学校里难以找到知音。只有武马由于不好意思回绝，经常礼貌地敷衍他几句。于是武马就被马局长当作知己。

武马知道，马局长虽然外表彪悍，但其实内心颇有文学功底。别人喝醉了都去侃大山，唯独这家伙，一喝醉就作诗，站在宿舍窗口向全校朗读。

有一首诗武马还记得：

毕昇几时有？把酒问青天。

熟读皂书彩绘，何奈路漫漫。

史传先秦印章，现承泥铸活版，凹雕高大鲜。

激发我才艺，出彩在印坛。

由于朗诵总在深更半夜，为此，马局长没少被同学疑似“闹春”。

武马那时心里也非常赞同这个结论。

然而现在，马局长厚积薄发，已经是印制局的主持了！

这时，一个浑厚的声音从背后传来：“哎呀，武马，这么晚了，你怎么来了！”

循声望去，原来是马局长亲自出来迎接。

“还不是陈龙逼着我过来，这么晚了，影响你下班了。”

马局长三步并作两步跑到武马跟前：“没事，这个点回不了家的！快，咱们进去。”

有关马局长的情况，还有必要补充说明一下：

他从小就是个印刷迷，家里给的不多的零花钱都被他买成印刷书籍了。什么《毕昇略传》《活版印刷史记》，都被他翻烂了，因此记了一肚子印界名人和印刷参数。大学期间他甚至省吃俭用，凑齐一套《印刷总要》。这书奇贵无比，他也不想借给其他同学，于是天天就着手电光在被窝里研读。

经过不懈的努力，他终于近视了。

顺便说一句，几年前，武马跟他都在邮政集团发行部工作，彼此配合也算默契。

尽管如此，两人现在毕竟不在一个单位，见面的机会并不多。

到了马局长办公室，他给武马倒好了茶。

刚喝了几口，武马开始回忆当年印刷学院的美好时光。

马局长却不太愿意谈这些事情。他现在的心思都在生肖猴票的印刷进度上。

“武马，方才你说，陈龙逼着你过来，是不是打听猴票的生产进度？”

他没有猜错。

陈龙派武马过来的确是这个意思。

具体说来是这样的：

生肖猴票由于宣传到位，各省开发产品、零售等工作都要事先安排，这邮票印刷的进度要有保证。

陈龙对进度着急呢！

喝了几口茶水之后，马局长便开始跟武马介绍生肖猴票的进度：

“武马，刚才你说影响我下班，其实这些日子每天都不能准时下班的，大家都在加班，我怎么能先走！”

武马脸上笑容不减：“马局长，我知道你们周末也在加班！”

马局长道：“我们这里不加班不行呀！到时候生肖邮票出不来，陈龙能不怪罪我……”

武马哈哈一笑：“马局长，还有点紧迫感嘛……生肖邮票按时发行可不敢耽误了，到时候可不是陈龙怪罪你，是全国集邮者不答应！”

马局长忙不迭点头：“对、对、对。告诉陈龙，让他放心，月底就可以先把零售的发出去！”

武马在旁边努力了半天才把一句“这哪儿够呀”咽下去——他觉得这个数字过不了关。

其实马局长自己也感觉底气不足。

武马摇头:“不行,零售的是小头,预订才是大头！这个必须保证。”

听了这句话，马局长苦笑着摆了摆手：“武马，我争取，我争取，眼下弟兄们可是 24 小时两班倒！”

说着他又捏了捏拳头，笑道：“我周末都不敢回家，在这里一直盯着。”

“是呀，印制局我不是没呆过，有些事领导必须在场。”

“这样吧，跟我到车间看看，大家正在加班……”

马局拉着武马来到车间。

一路上没见到人，大部分职工已经下班了，印制局的院子里空空荡荡，只有不远处的几个车间仍然灯火通明。

武马推开车间门一看，几十号人在里面忙活着，那架势好像在各忙各的，表情却轻松无比。

看见武马进来，有个人笑呵呵地向他们走过来，武马心想：这大概就是车间主任吧。

车间主任身材不高，胖乎乎的，一根胡子也没有，给人一种憨厚的感觉。

他哼哼了半天，说："武马，这批量印刷刚刚进入稳定期，后面会越来越好。"

旁边马局长一听高兴道："好，好，给我稳定住！"

作为一个一直关心印刷质量的印制局最高领导，这种反应是可以理解的。

就听车间主任笑道："武马，你放心，进度还算理想。这机器开顺了，脾气秉性也了解了。按这个进度能够保证交货日期，不会影响发行！"

听着车间主任在那里意气风发地指点江山，武马有意想泼一些冷水，就笑道："哪里有那么容易？我们集邮经营需要的不仅是零售的数量、预订的数量，还有制作邮品的数量。"

车间主任神秘地一笑，压低了些声音："武马，你把心放到肚子里，我们马局已经安排好了，在你面前他不报喜，其实你说的这些数量应该没有问题，我天天盯在机台上，每一个班出多少数量我能不知道吗？"

武马听出储备了一定的数量，表情更加快乐。

沉吟半晌，他终于说："马局长，为什么刚才那么保守？"

马局长摇摇头："不是我保守，我得留一手，谁知道哪天机器又不玩儿活了？"

武马这时想起，刚才经过车间过道的时候，在墙上看到一条标语："质量是企业的生命线。"

武马心里明镜似的，标语这东西在企业的作用很复杂。一般来说是在号召大家做一些谁也不愿做的事，比如“无私奉献从我做起”。还有的是在表达某种信念，典型的有“谁不爱厂，厂不爱谁！”“安全生产不是儿戏，不安全生产就是儿戏！”再有一些就纯粹是给“法盲”扫盲的，例如“私拿产品是违法行为”。

不过警示性的标语你最好把它当真，比如“机器不转，企业完蛋”，因为一旦这样，企业还真要完蛋。

当然，印制局也贴了不少类似的标语，也算是局里企业文化的一部分吧。

要了解印制局的企业文化，还需要对其文化背景做一点补充说明。印制局是个大单位，有职工近千人，印刷车间就有好几个。各个车间自成体系，老死不相往来。以前常常出现 A 车间印什么 B 车间却不知道的尴尬事。后来印制局的一位领导天才地解决了这个问题。他要求宣传部门出版了一个小刊物，每天车间小组长要利用晨会对小刊物进行宣讲。小刊物的主要内容一般包括印制局提倡了什么反对了什么、哪个车间印了什么做了什么、后勤部门推进了什么造福了什么、职工拥护了什么满意了什么……这个寓教于乐的刊物叫做《邮票人》。

经过此刊物的熏陶，职工思想政治水平有了很大的提高，老死不相往来的局面有所缓解，工作中相互配合蔚然成风。

那一天，马局长在刊物上提了一句话，希望职工能铭记。

小组长一宣读，发现只有四个字：“绝战生肖。”

一开始大家以为是笔误：“局长，应该是‘决’字吧？”

结果挨了领导一顿训：“没错！就是这个‘绝’，36 年前印制猴票就出现了印刷问题！现在又印猴票了，同样问题又出现了，你说这事绝无仅有吧？绝不绝？”

马局长兴冲冲地指着标语告诉武马：邮票印制局开始实行“质量

管理”了。

武马一脸兴奋地道：“太好了！早就该实行！”

马局长只是微笑点头，拉着武马坐了下来。

眼下印制局实行质量计件管理，上到车间主任，下到普通工人，都自愿来到车间加班。

马局长解释道：“武马，印制局现在实行的质量计件管理，调动了大家的积极性，大家是马不扬鞭自奋蹄！”

“真的？积极性调动起来了？”

“武马，是真的，这也是逼出来的。其实印制局给加班费成了惯例了，一年就几十万，长此以往，已经给不起啦！所以我们就定下了这个质量管理的办法——计件。”

现在，大家都主动来车间加班。

那天，送走武马后，已经很晚了。

马局走在回家的路上，走在月光里。

按理说，经过一番努力，这是一个可以完成的任务，现在已经看到了曙光，应该高兴才对。可是他却心里空荡荡的，完全没有任何感觉。

他觉得自己真的累了。

马局回过神来，发现自己走到家门口了。

这边是印制局职工的住宅区，住着印制局的干部，住着印制局的工人。

他发现，很多人的家里还黑着。

这家的主人一定还在局里加班。

他心里顿时感到热乎乎的。

第十章　狼的团队

说到雕刻版邮票，印制局雕刻车间的情况有必要介绍一二。

前些年，正赶上第三轮生肖邮票是影写印刷，看到凹印车间整天忙忙碌碌的，雕刻车间的员工心里好一阵羡慕。

这回好了，居然赶上连续 12 年的雕刻版邮票印刷，雕刻车间的员工自然是兴奋不已，他们在车间里面且谈且笑，议论纷纷起来了。

“各位，这回生肖雕刻印刷的大活可让我们赶上了，而且还会连续下去。瞧这个架势，我们最近一段时间可有活儿干了！”

“那是，局里又有了计件制度，这点活儿不在话下！”

“不在话下？还真不能这样说，据说第一轮生肖猴票雕刻印刷的合格率只有百分之五十……”

“嗨！那是什么时候，现在是什么时候？大家都看到了，那台雕版印刷机都退役了，现在摆在局里的院子里做陈设了！”

“哼！不能掉以轻心！你们真以为这套邮票那么好印吗？呵呵，我把话儿撂在这里，也许印这套邮票我们会掉一层皮……”

“确实，大块黑色雕刻一般都不好印，这第一轮生肖票的印刷就是教训！”

说这话的是已经当了三年领机的王师傅，他是雕刻车间里面仅次于车间主任的第二位印刷高手。

王师傅对这台雕刻机的脾气秉性的了解自然是用足了心思，早在几年前印制一般的雕刻邮票时，就对这台雕刻机做过认真研究，知道这台机器可没有那么容易“收服”，时不时还会“撂挑子”，甚至“捣乱”！

不过王师傅对这台机器很难“驾驭”的观点也不是特别赞成，在他看来机器如同人，只有对它的脾气秉性了解了，双方才会“和平”相处。

车间主任的声音这时响了起来：“王师傅的这个看法，我还是小有异议的。”

附带说一句，长时间的压力可能会引发各种疾病。失眠症就是其中之一。

主任的失眠症状持续了多日，已经发展到了一个新的高度，整夜整夜睡不着。他曾跑到印制局医务室偷偷找医生看过。但是医嘱他实在无法遵守：多睡会儿吧！

“搞什么搞？我要是能多睡还找你来干什么？”

邮票的印刷周期摆在那里，他估计至少需要半年的时间才可以印完。

要完成任务，印刷质量要长期相对稳定之外，他还需要有一支靠得住的印刷团队。

这时间和稳定，两个如果失去一个，猴票印刷的任务都无法完成！

每当夜深人静，他失眠的时候总会辗转反侧，想起自己面对的难题，然后就更无法入睡。

这时候，主任最先想到的是印刷的团队。没有人，这活可怎么干！

印刷团队的人数，他算过，要保证在年底印完，至少要两班倒。而且要连续干至少三个月，如果连个像样的团队也没有，手里也没有靠得住的印刷人员，这事非办砸了不可！

主任想起请兄弟车间支援。

他很后悔当初接受印刷猴票任务时没有把话跟兄弟车间说明白，过多地显现出这印生肖猴票舍我其谁的架势。

正确的做法是，印刷生肖猴票是印制局的大事，要举全局之力共同完成。

他能做的也只有在力所能及的范围内加班加点。比如两班倒。

这样做效果很好，但是要坚持几个月还是有问题的。这人毕竟不是铁打的！

主任睡不着，也不光是人员问题。

除了人员不够，他有更大的担忧。那就是这台机器不能出故障。

这台机器在几个关键的节点上都撂过挑子，主任是知道的。

每当想起这，他就会一阵冷颤。两年前，《邓小平同志诞生110周年》纪念邮票印着印着，雕刻机就不转了。印制局领导很着急，修了一个星期也没有修好，最后还把外国专家请来，也是没辙。没有办法，只能改换其他印刷方式了，因为发行日期到了。

从接受生肖猴票印刷任务的第一天，作为车间领导，主任每天的工作像时钟一样规律：

早上7点之前到单位，晚上10点之后回家。

每天早上，他到单位，顾不上喝茶，会挨个环节游走，了解上个班次的生产情况。

个把钟头后，职工到齐，然后开个短会，把工作布置一番。

到了中午，有时在办公室补补觉，算是为下午养精蓄锐。

晚上继续到各个环节巡视，了解白班的生产进度……

不难看出，主任对生产极为重视。

“大家聚一聚，我有话要说。”

看到大家忙忙碌碌的，主任内心无比的激动，说话声音都微微颤抖。

好在旁人没听出来。

手下人都在忙自己手头上的事情，一听这话以为主任要做报告，很不情愿地凑了过来。

可是左等右等，主任却总是不说话，只是愣愣地挨个打量着大家。

这是因为真要讲话了，他又犹豫了。

一路上，主任发现大家都显现出疲态。一定是加班造成的。

几个年纪大的工人，身体堪忧，没事就揉肩膀。

最后，想来想去，还是问了一句，大家坚持得住吗？

对于主任的问话，几位老工人在背后相视而笑。

当然，这些老工人，脑子里还是有根弦的。

他们隐约记得，今天这事好像很久以前也发生过，企业有困难要靠大家一起扛。

年轻的工人就比较活跃，你一句，我一句：

——有人说，老婆出差，家里的小孩没人照顾。

——不过又说，已经把老丈母娘请来照顾小孩，领导不用担心。

——还有人说，自己最近肠胃不好，经常拉稀，好在车间里有厕所，还可以克服。

——还有人捂着肚子说：主任，本人没拉稀，就是晚上没有夜宵，肚子有点饿了，主任，请一回吧……

遇到这种请求，主任于心不忍，要么让食堂做点汤面端来，里面有荷包蛋的那种，要么自己掏腰包到街上烧烤的地方弄点烤串。

在场的工人有时候会点赞："真是工人的好主任啊！"

但是也会听到一些抱怨："主任不够公平，为什么上个班次是烤串，我们这个班次是面条！

这时候，主任就觉得无地自容。因此，他就经常买烤串。

主任派人前脚去买烤串，工人们后脚就齐刷刷到了。

他们见了烤串，又齐刷刷伸出手来：

——串里还有板筋！主任太仗义了！

——及时雨呀，我晚饭没吃！

——主任，从今以后，你指哪儿，我们打哪儿！

主任带着招牌式的笑容，把烤串分给大家。

大家就开始一人拿着几串往嘴里填。

至于主任本人，不动声色，他不舍得吃，高兴地看着大家。

没多会儿，几十个烤串全都吃光了，大家还没吃饱。

主任一杯茶没喝完，眼前一片恍惚。

车间没有一个人，完全是一群狼。

这不就是狼的队伍吗？

然后他的思路就在这里接上了：狼行千里吃肉……

不过大家还是可以利用吃串的时间，交流一下工作上的事：

——要注意第一单元，黑墨有点重，减一点！

——速度不要太快，快了墨不容易干。

——把咱们这个班遇到的问题记录下来，留给下一班注意……

——这件事不用操心，已经记录下来了……

主任一阵高兴，眼泪湿润着眼眶。

没过几天，他一个月的工资带奖金也就花光了。

马局长知道雕刻车间天天加班人手不足，但是他假装没看出来。因为他知道，越是关键的时候越要发挥基层的主观能动性。

过了一段时间，他看到雕刻车间人困马乏的窘境，觉得应该帮他们一把。

那天马局长把雕刻车间的难处跟生产处处长一说，后者当即保证：领导，你就别操心了，交给我就是。

来到雕刻车间，生产处长跟车间主任说：从今天开始我从别的车间调来人手。人召集到了，你安排。

当天下午处长就招了四十多人，组成支援队。不过这支支援队只是个兼职，这些人平时都活跃在各个车间，听到雕刻车间需要支援，20 分钟之内就从各个车间赶来了。

由于报名十分踊跃，雕刻车间不得不进行了几轮筛选。

这样雕刻车间的工人干夜班，其他车间的工人干白班。

五个月的时间飞快地过去了，邮票印制局出色地完成了生肖猴票的印刷任务。

但是，绝不能把成绩算在烤串上。

第十一章　有一种风景叫生肖

集邮在中国是盛产人间奇迹的一种活动。除了几乎每位中国人都知道的 1980 年猴票的价值外，还有就是收藏、购买生肖邮票。

生肖邮票在中国受欢迎的程度超过了人们的想象。

说到生肖邮票不能不提 1980 年发行的猴票。很多人现在叫它“金猴”！初涉邮坛的人往往以为，“金猴”就是猴票的名称，意味着此枚邮票是金颜色的。实际上不是，此枚邮票红、黑颜色居多，占邮票面积的 95% 以上。要是用那本世界名著《红与黑》形容倒是恰当。

红的是底色，猴是黑色，只有猴的眼圈局部点缀着金色。至于为什么取“金猴”，倒也不难分析。其实，猴票在发行之初的 1980 年，就叫“猴票”，那时的猴票无人问津，邮政员工满大街推销。“金猴”的名字在那时还闻所未闻。后来，猴票身价百倍，才有了“金猴”这个尊称。

由此可见，这个名字是集邮者取的。同猴票用什么颜色印没有一点关系。

生肖邮票是中国邮票最受欢迎的系列邮票，这点大家都承认。

但是也有人指出，这生肖邮票发行三十多年长盛不衰，就有点蹊跷了。这一点在生肖邮票固定的发行时间——每年的 1 月 5 日表现得尤为突出。

——比如说：有人建议，每年的 1 月 5 日要确定为中国集邮者的集邮日。

——还比如说：有人建议，生肖邮票为什么总是放到 1 月 5 日，为什么不能农历小年发行。

其实，这是一个很好的建议——小年这日子多喜庆呀！

可是邮政发行部门就是不敢改发行日期。

他们的反应是："从长计议！"

翻译成现在网路语言就是："我了个去！"

潜台词是："我们脑子还没进水！"

关于生肖邮票的销售，三十多年来有一点是大家认同的，那就是邮政部门一直进行严格的管理和引导。

上个世纪 80 年代，生肖邮票问世不久的 1982 年，生肖邮票不好买就已经成为社会关注的一个焦点。邮政部门本着对集邮者、收藏者负责的态度，想了很多办法来管理。

开始的时候，1984 年生肖鼠票和 1985 年生肖牛票的销售，就租过北京工人体育场"练摊"。

为什么选择工人体育场，原因很简单，购买生肖邮票的人太多，体育场空旷、够大。

组织者临时租用了体育场的办公区域，东边那间办公室，挂着个牌子叫"销售组"。里面围着一百多人，轮换倒班负责销售。

销售组后边还有间办公室，里面坐着一百来人，上书"安全组"，专门负责维护秩序。

安全组后边是后勤组，三十多人，负责搬运销售的邮品，为销售和安保人员提供盒饭。

后勤组后边是应急组——应急组责任最大，由集邮公司领导、公安局领导组成，专门处理突发事件……

这样一罗列，倒是觉得没有四五百人好像无法应付场子。

幸好当时的集邮机构够大，可以抽调出这些人应付局面。

这里需要对当时的集邮组织架构做些说明：

当时负责集邮具体事务的，分为五个部门。其中有负责邮票选题、发行、经营的总公司；有负责邮票设计、印刷的北京邮票厂；有负责集邮活动的集邮联；有负责集邮宣传的邮电出版社；当然，还有负责邮票资料保管的资料室，就是现在邮票博物馆的前身。

在五个部门的努力下，共同应对生肖邮票的销售。

可是人算不如天算，工人体育场过于宽阔，秩序不好维持。

当时北京各大报纸的记者云集体育场，一个个忙着写稿子：

——什么“生肖邮票销售空前”呀；

——什么“生肖邮票一票难求”呀；

——什么“万人空巷抢购生肖邮票”呀；

——什么“邮票发行部门故意制造紧张销售气氛”呀；

——什么“邮票发行部门为什么不多发点生肖邮票”呀，等等等等。

就连中央领导都知道集邮异常火爆……

当时有一篇报道惊动了一位主管领导，他就此事做了批示：

“邮票的发行是作为邮资凭证，怎么能允许如此炒作？”

领导的批示在集邮界立刻引起轩然大波，引发了对邮票属性的大讨论。

邮政专家赞同邮票的邮资凭证属性，恢复邮票本来面目，要到邮政营业窗口去出售。

集邮经营者赞同邮票的商品属性，在完成其邮资凭证的作用后，作为特殊商品来经营……

这段公案讨论持续了若干年，公说公有理，婆说婆有理，谁也说服不了谁，讨论一直到上个世纪80年代中期也没有讨论清楚，只能不了了之……

于是，第二年集邮公司又在门口搭起了长长的脚手架围成排队通道，销售生肖邮票，购买生肖邮票的队伍从北京的和平门排到了宣武门。

上个世纪80年代有“三大邮票抢购热潮”之说，指的是1984年1月发行的《甲子年》、1984年3月发行的《簪花仕女图》和1985年5月发行的《熊猫》邮票。

陈龙就参与了这三次的邮票销售。

他回忆说，前两次是在北京工人体育场，第三次是在邮票总公司的一楼营业厅。当时每次购买邮票的消费者都有几千人，摩肩接踵、络绎不绝。有的营销人员对这种局面已经丧失信心，但集邮公司的领导毫不惊慌，通过疏散群众，维持秩序，并通过加派销售人员妥善地应对了抢购热潮。那几次，请来维持秩序的警察就有几百人。这么多警察到场，说明公安部门多么重视！

这里还需要介绍点时代背景。

上个世纪80年代，中国改革开放之初。那时候，中国没有像样的投资项目。偏偏中国人是一个善于理财的民族，也不知道为什么有人选择了邮票作为投资项目。为此，当时的集邮队伍中突然增加了大量以邮票投资为目的的人群。

当然还有些细节无法预测，比如说集邮收藏的人口是多少？邮票投资的人口是多少？

总之，收藏与投资的构成是你中有我，我中有你。明摆着让人糊涂！

有关生肖邮票的销售，这里还有补充说明的必要：

中国邮政对生肖邮票的发行最为关注，连续几年出台了许多管理办法。因此各级邮政部门对生肖邮票的销售极为重视。

邮政每年对于生肖邮票销售都三令五申，划出一条条红线让你不敢踩。

更何况还有政府和社会人士的监督检查。

邮迷们购买生肖邮票的观念跟以往有所不同。

过去那些年的人拿着钱很当回事，自己挣的也不多，一般都买单枚票，顶多买一个四方连、八方连。

可是现在不同了。

人们的生活水平提高了，现在要买整版的生肖邮票。

因此在同样的发行量下，市面上流通的邮票数量就变小了，生肖邮票一发行就会高于面值很多。

后来，每当生肖邮票发行，邮政部门就会派出一批监督员，到各个销售网点巡视，试图把销售的秩序引导好、监督好。

可是，全国销售网点有近 2000 个，全靠监督也不现实。

为此，生肖邮票的销售一直被社会所诟病。

再后来，有人终于想出了妙招：实行实名预订制度。

要说明预订邮票有多难，必须再说一下新邮预订制度。

在世界各国邮政中，新邮预订是中国集邮的特色，没听说别的国家邮政实行过。

执行多年的新邮预订种类繁多。比较常见的是一票一封，就是一枚邮票一个首日封。当然，还可以预订四方连。后来还可以预订年册。

这个预订制度有诸多优点：

比如说，你什么时间都可以到邮局去取；

后来发展为老的预订户可以参加网厅紧俏邮品的摇号……

当然了，此制度也不是完美无缺，它有一个小小的瑕疵，那就是预订者的身份保证不了完全真实。

那时候，还没有公民身份辨别系统支撑，预订的身份不实时有发生。

邮政对社会很多人普遍造假爱莫能助！

验明真实身份是一门很难的学问。

想知道有多难，看看预订的具体事例你就明白了。

——比如，预订证就有“张一丰”到“张十丰”，当然也包含“张三丰”。同理，也有“孙一娘”到“孙十娘”，更包括“孙二娘”。有这些“大侠”在里面搅合，这预订好得了吗？

——比如，预订证中同为沈阳市沈河区大舞台里14号地址的就有一百零八个。

难道这个地方是“水泊梁山”吗？怎么这么多大侠都在这里聚会？

这种事情听起来像笑话，实际上牵扯到高等数学。

首先，预订邮票的人很大的比例是以投资、投机为目的——那样的话，邮市好了，他预订的邮票是愈多愈善；邮市不好，预订的人自然就“跑路”了。

另外，邮票的选题不同——有的选题受欢迎，有的不受欢迎。自然受欢迎的选题市场需求旺盛，不受欢迎的选题市场需求低迷。

为此，确定邮票发行的数量，比研究哥德巴赫猜想还要复杂。

像陈龙这样的文科脑子，经常算半宿也算不清楚。

每当这时候，他就想用脑袋撞墙。

从出发点来判断，这个预订制度不可以说不好，就是没有从根本上解决生肖邮票的销售问题。

原因很简单，生肖邮票求大于供，一经发行市场价格要高于面值很多，在利益驱动的作用下，很多人就会钻预订制度的空子。

常常出现生肖等紧俏邮票所有的预订户都来取，但随后题材一般的邮票所有的预订户就不来取的尴尬事。

总之，邮政部门花费了无数的金钱和心血，在销售生肖邮票这件事情上，却始终没有让社会完全满意和认可。

具体地说，不认可的程度在中国可以排在第二位。

排第一的当然是“春运”期间购买火车票。

在很多人看来，这其实不是件坏事，陈龙就是其中之一。

原因是，购买火车票和购买生肖邮票有着本质区别，前者是人们生活必需品，后者是收藏品。人们生活必需品必须最大限度地满足，收藏品则要“物以稀为贵！”

社会和集邮者对生肖邮票销售的不满，也会促进邮政部门不断改进服务。

2014 年 11 月 1 日，中国集邮网厅上线，网厅一个重要的功能就是改进服务质量，其中通过后台身份证认证系统的支撑，实行实名制购买生肖邮票。

登录的流程是这样的：先要在网厅实名注册，输入身份证和手机号码，后台会通过身份证认证系统进行识别，然后经过手机提供认证密码——你猜对了，集邮网厅是中国管理最为严格的网厅，没有之一。

当然，让集邮者完全满意，邮政部门还有很长的路要走。

可谓任重道远！

第十二章　五子登科

2015 年 11 月 30 日，北京刚刚下过雪，地上斑斑驳驳，积雪还未完全化干净。路上的行人小心翼翼地走着，年轻人对灌木上的存雪还有兴趣，会停下来攒一个雪球，跟同伴玩儿闹。

这是拜访韩美林先生的日子。

除了准备一束鲜花之外，陪同陈龙去韩美林艺术馆的人也已经选定。未洋作为生肖鸡票的编辑自然要陪伴左右，清一色男性中，没有女性点缀其中，肯定没有亮点。武马和尹虎作为这个团队的重要成员当然要随行。

一辆白色的商务车由金融街邮政大厦驶出，一路向东，车上一行五人，却无心欣赏这北京的浪漫雪景。

坐在副驾驶的仍旧是尹虎。而坐在后排的陈龙不知道在想着什么。别看陈龙外表大大咧咧的，但心里有时很细，重大场合要说些什么，他事先还是有所考虑的。

由于尹虎事先同韩美林夫人有过接触，他说起话来很有底气。

那天他上来就说："陈龙，到韩先生家我们先要解释生肖邮票的设计风格？

“当然了。”

尹虎：“韩先生设计的风格与黄先生的风格略有区别，要是事先不解释清楚，按照他老人家往常的画法，必定是画出来装饰味儿十足的彩色大公鸡。”

陈龙听了，没有马上回答，若有所思地点了点头。

其实在尹虎脑子里已经把两枚邮票的表现内容过了好几遍。

“我这样想，”尹虎继续说，“第一枚邮票画一只公鸡肯定没问题，第二枚邮票要表现的不仅与民间的典故结合，还得有吉祥寓意，并且是群体出现。两枚要都是大公鸡肯定有问题！”

大家沉默不语，关于生肖的典故，已经挖掘了三轮。基本上民间的传说也被借用得差不多了。

未洋：“我记得小时候家里贴的年画，有一个就是取自于小时候背的《三字经》上的窦燕山教子扬名的故事，后来民间就引申了这个传说，一只母鸡后面跟着五只小鸡，寓意着五子登科，很吉祥。”

尹虎：“这个借喻不错呀！”

“是呀，咱们借用这个寓意，请韩先生帮咱们画出来，你们觉得呢？”

武马：“我觉得可行，这个角度以前没有表现过。倒是一个很巧妙的寓言故事，窦燕山大家又都熟知，五子登科也是好寓意。”

大家意见统一。如果韩先生真这么画了，可是太好了。

更妙的是，还可以创生肖邮票中个体数量最多的记录！

这也是一个不错的卖点！

未洋担心地说：“只是，不知道韩先生愿不愿意为咱们这样画？”

陈龙没觉得这件事有什么好担心的。他把脸一板，指出：“只要给韩先生说清楚了，应该没问题。”

车子很快就开到了位于北京东郊的韩美林艺术馆。

韩先生的助理只一打眼便看出陈龙是这个团队的“头儿”。

她笑着与陈龙握手寒暄后，将四个人让进馆里。

艺术馆很大，前面是陈列馆，后面便是私人的住所。

虽然韩美林艺术馆早已开张，不过由于不是周末的缘故，来艺术馆参观的人不多，显得有稍许的冷清。

“韩先生还在午休，今天睡得有点迟了。我先带你们参观一下艺术馆，你们好有一个直观的感受。”

陈龙轻点头，便跟着讲解人员进入了艺术馆中。

艺术馆里，讲解员带着几位走马观花地看着。

韩先生多才多艺，艺术馆里的展品自然丰富多彩，有雕塑、瓷器、绘画、书法，看得几位眼花缭乱。

一路上陈龙看着或大或小的画作，每到他感兴趣的画前，就拽住尹虎讨论一番，这个适合画鸡，那个适合画猴。

两人一路上眼睛和心思一刻都没闲下来。

这边武马和未洋也是一样，看见喜欢的作品，便用手机拍下来留作资料备用。

艺术馆有两层，这一趟下来，用了 40 分钟的时间。

这时，有一位面容清秀精致，皮肤白皙透明，眼带浅笑，眉带俏丽，像是由江南来的女子，笑眯眯地向这四个人走来，未见其人先闻其声，清亮的声音引起了这四个人的注意。

这位就是韩美林的夫人周建萍女士。

“你们好，韩先生已经醒了，让你们久等了，请随我来吧。”

说着轻盈地转身，带着这四个人由博物馆穿过一个细窄的过道，来到电梯前。

等电梯的间隙，未洋看到这一路上挂着的都是韩先生与夫人洋溢着幸福的照片。

推开一扇大门，就是韩先生的画室。陈龙几个人鱼贯而入。

环目四顾，发现画室内挂着不少小动物的画。韩先生的画很特殊，构图很简洁，给人一种灵动的感觉。

“嗯，都请坐吧。”韩先生安排每位客人在他桌案对面坐下。

桌案上面，早就摆好了茶水、水果和花生。

“最近一直忙，没抽出时间拜访您。”陈龙客气地说。

“不用客气，大家都忙，这不你们也过来了吗？”

总之，几个人谈得很热闹，相互致以亲切的问候，然后回顾了一下过去一个月北京雾霾的变化，并对北京市政府机关迁移通州后对缓解北京紧张的交通的走向作出了各自的预测。

接下来几个人又针对国内经济下行的形势交换了意见。

这些都说完了，韩美林转移了话题：“俺跟邮政的缘分好像不浅呢，第一轮的生肖邮票俺就设计过。”

“是的，那是 1983 年猪年的生肖邮票，也是一枚十分受欢迎的邮票”。

韩美林对邮票的感情，让陈龙倍觉轻松。这么大的艺术家没有一点架子，笑意吟吟地看起来倒很可爱。

未洋脱不了的孩子气：“韩老师，我最喜欢您设计的《熊猫》邮票，毛茸茸的，憨态可掬，呆萌，眼神中透着股机灵和可爱。”

韩先生：“要不俺说，俺跟邮政的渊源不浅呢！”

陈龙：“那时候的我刚参加工作不久，对那套邮票印象深刻。当时还发行了小型张，是吴作人先生的作品。那套邮票……”

韩先生挥了挥手道："没错，就是那套票。"

"那套邮票着实精彩，表现形式是卖萌的祖师爷啦！只是，有点可惜。"

"这样形容第一次听说。可惜？何谓可惜呀？"

"那套邮票发行后，集邮爱好者排大队购买。火的一塌糊涂。结果《北京晚报》刊登了一则消息，说是发行量很大，后来价格一落千丈，所以那算是个邮市转折的一个标志。"

"为什么要那么大的发行量？"

"因为好多邮迷写信来，指责为什么买不到票，特别是上世纪80年代生肖邮票那么成功，一下就把邮迷的热情带动起来了。邮电部实在顶不住压力了。"

"说起生肖邮票，后来发行的马票，腿好像有点问题？"

"是，马腿的关节反了。"

"设计生肖票不容易，好多人关注。"

"没想到，韩先生这么关注邮票！"

"那当然，俺虽好久不设计邮票，但俺一直关注着呢，有感情的。"

在座的几位对先生一直关注邮票都很震惊。

"俺本人最爱画什么你们知道吗？"

韩美林开始卖关子。

"不用猜，熊猫？"

"不对"

"那就是猴子？"

"要不是马？"

武马、尹虎和未洋异口同声，三个人开始抢答。

"是牛，俺属鼠 ，但一直都觉得自己是一头苦牛，低着头不断地耕耘，就像俺低着头画画一般。俺这年轻的时候吃了不少苦，下了不少的功夫，就像那牛，停不下来。”

“原来是牛！”

“俺是济南人，俺这人不是友人从不向人倒苦水，你们肯定知道俺的苦难生涯。从小受到的教育和周边的环境都让俺不能不努力，不能想着先去享受。所以，俺这一辈子从未停下过画画，哪怕是在俺最苦的那段岁月。”韩美林以一种近乎轻松的语调介绍着自己。

“所以俺一生所积累的东西，就是在现在这时候才最娴熟，对人生的理解到了最高峰，既熟稔人生的意义，又不至于有垂暮的悲观。”

几个人专注地听着。

“既熟练于绘画的技法，又加入对生活的感悟和淡泊一切的心境。所以俺认为，这个时候，才是俺绘画创作的最高峰，一切才刚刚开始。”韩美林充满着自信和乐观。

“以前，很小的时候俺画四朵小花，仔仔细细、集中心智地画上四天，就那么几朵小花。”

“要四天？”

“可是现在呢，俺可以不假思索，信笔由缰，才思泉涌，创意的源泉已经积累到无需去苦思冥想找灵感的阶段了。”

说着，韩先生从身边的低柜上拿出一沓纸。上面错落地画着各种各样的花纹。

“这是民间的卷草纹，这个是……”

尹虎眼神如拉锯般在草稿之间来回徘徊。

“这是俺一上午的成果，30 个蓝印花布的样子。就这么信手拈来，画了几个小时，并没什么感觉，助手一数，已然 30 个了。”

说罢，韩先生抽出下面的一张草稿纸，上面更是密密麻麻地排列着一些设计草图。

“一下午，画了 300 把椅子，当然不是十分细致，后面还要细化，但是基本的样子和设计形式是出来了。”

放下稿子，韩美林接着道：“画家是个积累的职业，不是说年轻的小伙子，梳个髻子，留个胡子，挂串珠子，就成画家了。哪那么容易？”

未洋被韩美林的顺口溜逗得扑哧笑出了声，想起自己当年考试那会儿，每每画室出现一个留着长发，穿着破洞牛仔裤的艺术范儿同学，最后交卷时，都会让人大失所望。

“画家是个劳动者，成为一个好画家，除了天赋、热爱，还有不断地锤炼。每天、每天不间断地重复，齐白石不就是到了八十岁才达到绘画巅峰的吗？”

以上这些经历，韩美林自我介绍时有的故意隐去，有的则讲得眉飞色舞。

陈龙就在一旁一言不发，只顾抽烟。不多会儿烟灰缸里就堆满了烟头。

韩美林：“前几天俺去法国领了一个奖，领奖前几天讨论起画家和演艺界明星的问题。”

“您关心这个问题！”

“当然关心。俺倒觉得，画家和明星都需要有一个正能量。”

“怎么讲？”

“现在世界上还有那么多贫穷、战争、疾病，包括青少年的教育问题，瘟疫、污染这么多问题，人类要去直面它，同时作为公众人物有义务去引导大家朝着正确的方向去认知，甚至于尽力量去帮助。”

“这话对！”

“有些明星动辄花几千万去办一个盛大的活动，这些钱可以养活多少非洲的难民，可以供多少孩子上完大学。”

“我们也注意到了网上这方面的报道很多。”

“而那些谁怀孕了、谁结婚了都不该是公众关注的问题。”

“有些人就关心这些，有些无聊。”

“所以俺现在变成了资深宅男，宅在家里画画、写字，给自己营造一个相对纯净的环境，要专注，不去想那些与艺术无关的事情，所以你看，俺又是多么老套的一个人。”

对于这些，陈龙深表赞同。

他不知怎么，回想起集邮近年的环境，忽然有种顿悟的感觉。

原来邮票选题也好，网厅建设也好，生肖贺岁季也好，之所以接地气不是因为别的。还不是因为集邮的周边环境好，我们在专注做这些事情。

回想十几二十几年前，集邮的周边环境不好，纵使集邮企业有千般努力，万般手段，依然无法改变新邮发行后市场价低于面值的命运。

韩先生：“俺慢慢地就变成一个与世隔绝的人了，有时候外面下雪了，俺都不知道。不出门嘛，时间到了几点，俺也不知道。所谓不出门，就出活。”

陈龙：“大隐隐于市，您快成‘世内’高人了。”

韩先生与陈龙你一句我一句没有要停的意思，但听众中尹虎、武马等人已经等不及了。

尹虎本来就急等着向韩先生解释生肖鸡票设计上的事，这时候就急忙地让陈龙赶快说正事儿。

但陈龙同韩先生正说到兴头上一时回不过神来：“正事儿？啥正事儿？”

尹虎差点急了：“你说什么正事儿啊？邮……”

第十三章　我是一只下蛋的鸡

韩美林此时显然比陈龙反应快。

“陈龙，说说你们邮政吧！”

“好呀。”

刚才陈龙确实有点愣神，亲耳聆听中国顶尖艺术大师的创作心得，是何等惬意。几乎忘记他这次过来的使命。

听到韩先生发问，赶紧振作精神。

“中国邮政不仅有包括集邮在内的邮务板块，还有速递物流、储蓄银行、中邮保险、中邮证券，现在是很庞大的集团公司了。”

“哈哈，你知道，俺不能说邮政不好。”

“为什么这么说？”

“俺夫人的父亲，是老邮政了。”

“是吗？咱们是一家人了。”

“他把所有的钱都存在邮政储蓄银行，别的银行都不行。”

“是呀！”

“俺要是说一句邮政怎么样，俺夫人第一个不愿意。她对你们邮政的感情比俺深好多！”

韩美林宠溺地看着自己的夫人，倒弄得韩夫人一脸的不好意思。

韩夫人：“以前浙江移动的老总也是我父亲的部下，邮电还没分家那会儿，邮政、电信都还是一体的，后来才分开的，对吧？”

“对，那时候还叫邮电部，1998 年，邮与电分营。”

“前几天韩先生在银川建了一个艺术馆，运画、运雕塑用的都是你们邮政的车，都很安全。”

“谢谢您为邮政做广告。寄递、运输是邮政的老本行，理应做到。”

“因为有些雕塑太大了，只有邮政有那么大的车厢，一路运到那么远的地方。里面还有个机要箱，上了好几层锁，很保险。”

“这事交给邮政尽管放心。”

“因为我们有很多画，很宝贵，后来人们建议我们用邮政的车。”

注意到正在想事情的陈龙后，韩美林接着问道：“明年的猴票是黄永玉先生画的？”

“对，是的，黄先生画的。”

“俺还没见到样子……”

“马上就请您见，今天我们带来了，因为还没发行，只能带打印稿。”

说着尹虎从大信封中取出早已经准备好的图稿，一幅一幅展开在韩美林面前的桌上。

此时，韩夫人和助手也都凑近了一看究竟。

陈龙终于指着尹虎说：“韩先生，这是我们的副总设计师尹虎，你们认识的，他把设计生肖鸡票的事情说给您听听。”

“好呀！”

“韩先生，这第四轮邮票我们是这样规划的，一套两枚，第一枚表现个体，第二枚表现群体，并且整个第四轮都需要遵循这个规律。”

“什么规律？”

“比如，这套生肖票是两枚，一枚有底色，一枚没有底色。”

尹虎挑出摆在桌上的历年生肖邮票递给韩美林。

“您画过第一轮生肖邮票，那时候是一枚，您看第二轮，变成了两枚，第三轮又是一枚，所以这第四轮……”

“俺要画两枚！”没等陈龙说完，韩美林就答道，看来韩先生已经理解了生肖邮票的发行规律。再往下解释，就不难了。

韩美林略带迟疑：“咱们这回不会买棵白菜带根葱吧？”

在座的人还没跟上韩美林的思路，大家一愣，不知道如何作答。

只好听韩美林接着往下说原委：“以前俺做过一些邮票，左边是你们邮政的邮票，右边才是俺的邮票，这次还这样吗？”

陈龙恍然大悟：“韩先生，您说的是个性化邮票吧？这次约您设计的和个性化邮票不同，两枚都有面值。”

“哦，是这样。以前有人联系过俺，让俺设计这种你们说的‘个性化’邮票。必须第一枚是你们既定的几种邮票，跟俺的画不是一回事。所以，俺也就没做。”

过了片刻，韩先生又问：“这一次，俺还是原画作者吗？”

熟悉邮票发行的集邮者都知道，在我国的邮票目录中，有“设计者”和“原作品作者”两个称谓。

在第一轮生肖邮票设计里，原作品作者有谁呢？有黄永玉、张仃、周令钊，还有韩美林和詹同等老一代艺术家。

设计者中有卢天骄、李印清、任宇等邮票印制局的专业设计师。

虽说设计师是在原作品的基础上进行设计，但也绝不是摆一个“中国人民邮政”，加一个面值那么简单。

这件事说复杂也复杂，说简单也简单。总之，一些原作品作者，对这个称谓颇有微词。

所以，1985年后，邮政还是作了一番改动。原作品作者就是设计者。

“韩先生，这次您就是邮票的设计者。”

“就是说不叫原画作者。”

“我们不限制您的创作，除了硬性要求，其他的由您来把握。”

“那就好，此外，没有别的要求？”

“只是，生肖邮票版式上的插图，还得您画一下。”

“还有版式插图？”

“邮票的版式二上需要两个插图。”

“了解。还有什么？”

“韩先生，您还得画一幅自画像呢，用在小本票上。”

“呵，还要画个自画像。”

“是的，黄先生就画了自己的自画像。”

“黄永玉先生多有特点，俺的特点不明显，还是用照片吧。”

“韩先生，您画的时候还得考虑一下工艺的问题，到时候黑线得稍微地提出来一些。”

“你说的是雕刻的线条吧？这个我懂。”

“对！韩先生，咱们这次是雕刻版，跟您1983年的那枚生肖猪票工艺一样。”

“还有什么要求？”

“还有就是赠送版的插图了，要表现两个动物。”

“怎么表现？我听糊涂了。”

“比如，猴年是猴骑羊，黄先生已经这样画了。”

“那鸡年怎么画？”

“鸡年可以猴子抱着鸡，寓意吉瑞。”

“这个倒是新鲜，人家不是说‘鸡猴不到头’吗？以前没画过。”

“就是这么个比喻，您是民俗专家，比我们更能领会到民间吉祥的寓意。如何设计就靠您的智慧了。”

韩美林问道：“这猴抱着鸡，说得过去，但是这蛇和马咋表现？看来这个思路很难持续下去。”

看到韩美林的焦虑表情，陈龙心中微笑，韩先生如孩童般率真可爱，对设计真的动了脑筋。

这种关心着实让陈龙感动，也放下了一颗心。

他相信，韩美林一定会认真创作这套邮票。

陈龙：“韩先生，这位是我们邮政集团负责邮票选题的武马，让他介绍一下生肖猴票的设计情况，也许能为您设计鸡票提供点参考。”

韩先生本想插话，可人家啰啰嗦嗦没说完，也只好耐心地听着。

没想到，武马哼哼唧唧了一会儿，又开始长篇大论，他指出：“这生肖邮票在集邮界影响极大，前后发行了四轮，历时 36 年。其中韩先生参加过第一轮，画的是生肖猪票。在考虑第四轮生肖猴票设计时，黄永玉、韩美林两位大师都是人选。”

武马清了清嗓子，试图继续说下去。

但是刚说完“人选”就被韩先生打断：“黄永玉先生是俺老师辈的，俺很尊敬他。”

“黄先生当过您的老师？”

“以前，俺跟黄永玉先生都是‘一窝’的。几个人经常在一起聊天，谈天说地的，那个年代，还是很有意思的，也都经受过磨难。人生就是这样起起伏伏的。”

说着，韩美林紧紧盯着手里的第四轮生肖猴票。

“画得不错。刚才说过，黄永玉先生曾经是俺的老师，他是画第四轮生肖猴票的最佳人选。”

不愧为大家，陈龙心道。

“人家黄先生的名气在那儿，俺还不能算黄先生的好学生！”

“韩先生，您太谦虚了。”

“黄先生是猴爹，俺是一只下蛋的鸡。”

“我们同黄先生的合作十分愉快，相信在发行鸡年邮票时也能同您合作好。”

“俺画的鸡可有意思了，跟别人的鸡都不一样。”

“怎么不一样？”

“因为俺是山东人，自小就看着年画啊、剪纸啊、泥塑啊，对民间艺术有着很深的感情。俺这次也会从民间吉祥寓意出发。”

“那我就放心了！”陈龙的心终于放到了肚子里。

看着韩美林如此自信，陈龙相信他心里或许已经有了自己的想法。

“来来来，咱们坐下来谈。”韩美林招呼着大家坐。

大家坐定后，他貌似漫不经心地问了一句：“刚才，你们说过了，俺没有记住，这生肖邮票一共几枚呀？”

“韩先生，一共两枚！”

“两枚！”

“韩先生，这第一枚邮票，这个鸡可以和太阳结合，有点鸡鸣日升，迎接光明的意思。”

尹虎劈头就是这么一句，给人感觉有些突兀——是不是应该让设计者来构思呀？

其实这是尹虎和责任编辑未洋的设想。

韩先生一听，莞尔一笑：“那第二枚？”

“第二枚，可以表现一只鸡带着 5 只小鸡的画面，民间不是有窦燕山教子扬名的典故么，也寓意五子登科，您看这个思路成吗？”

韩迷们都知道，这老爷子的强项就是构思。

实际上没人知道，韩先生是如何构思的！

每天早上起来，他就在一个小本上画着什么。

外人以为他是在写日记，其实他是把前一天以及头天晚上的灵感勾勒出来。

“什么？‘五子登科’……民间倒是真有这个说法。”

“这是我们费了很大功夫考证出来的。”

“你们还真是下了功夫的。”

“不下功夫不行呀！”

“来吧，来吧，本来今天不想给你们看俺画的鸡，俺以前画过好多，咱们一块来看看，要想看俺画的鸡，估计得看大半天。”

韩美林的助手还真从旁边的画案上取出来厚厚一叠打印的画作。

上面都是韩美林平时画的鸡形象，有的美艳明丽，有的毛绒可爱，有的昂首挺胸，有的振翅欲飞。

“俺的画受岩画的影响比较多。装饰的色彩更浓重一些，适合过年用。”

“您说得对，韩先生，过年就要一个喜庆气氛。说实话，我真喜欢您画的那些毛茸茸的小动物，透着可爱，透着机灵。”

陈龙端详着韩美林的画，一边寻找着自己脑海中生肖邮票的感觉。

“俺是搞装饰的，画几只鸡绝对没问题，可是你们发行蛇票的时候怎么办？蛇票多难画啊，还有龙票。”

陈龙点点头。

“说真心话，俺画画有几十年了，可是过了八十岁才感觉到现在才是画画最好的年月。”

陈龙不作声地只是看着眼前这位可爱的老人。

不，不仅是一位可爱的老人，还是一位激情四射的老艺术家。

这套生肖鸡票交给他设计肯定没有问题！

“是的，不知什么原因，韩先生这些年更加才思泉涌！”韩夫人附和道。

“是的，书画家越老越棒！”

陈龙心想：“这韩先生和黄先生一样真是太爽快了！”

韩先生叹了口气：“第一轮的生肖邮票设计得还是好。”

“我们也这样认为。”

韩美林：“好多老先生都去世了，这一枚是俺同学画的，这一枚是张仃先生画的，这一枚周令钊先生画的，他是俺的班主任。”

“哦？周先生还与您有这样的渊源？”

武马瞪大了眼睛：“听说他的夫人也刚刚去世。”

“是啊，她也是俺的班主任……”

刚才还如数家珍的韩美林，低垂着睫毛，有点动情。

“这剩下的许多画家，俺就不熟悉了。”

“对，这后面的都是年轻人画的了，那时候是年轻人，现在年纪也不小了。怎么也都得六七十岁了。”

“可不嘛，俺都八十了。”

“可真是看不出来！”武马笑道。

正说着，韩夫人从楼下缓缓步上来，手中拿着韩先生的画。

有一幅蛇的画吸引了武马的注意。

韩美林看出了武马的兴趣：“有时候，画动物，就得把他们当成是自己的弟弟妹妹来画。”

“这个比喻很有情趣。”

“俺画的动物，一是倾注感情，二是能画出可爱劲儿。俺画的动物都偏可爱一些。”

韩夫人一边帮韩美林整理着散落在画案上的稿子，一边道：“你们看看，这些画里面有没有你们中意的，让美林也知道一个大致的方向。”

陈龙一幅一幅看着，与尹虎小声讨论着他心目中鸡年生肖邮票的样子。

“韩先生，您画的小猫头鹰很可爱。这种毛茸茸的感觉是怎么画出来的？”他饶有兴趣地等待着韩先生的解答。

“俺在农村下放的时候，有一次画的实在没纸了。”

“那赶紧去买呀。”

“天色晚了，也没法去买，画瘾上来了，拦也拦不住。”

“随便找张纸。”

“俺就随手抄起农村的一种草纸，在上面试笔。”

“这种纸也可以画画？”

“没想到，这种纸质量太差，一落墨，就洇出来了，反而有了一种特别的感觉。晚上我就借着灯，越看越有想法。”

“什么感觉？”

“提起笔来在纸上画了一只动物，就出现了一种毛茸茸的感觉。”

“看来是偶然发现的。”

“后来俺买了好多这种纸，人家还笑俺，这纸有什么好？这人是不是傻了？”

“怎么能这样说！”

“其实他们不知道，这便宜的东西在画家手里，能发挥出其他的作用。再后来，造纸的技术越来越高，这种纸也就越来越难找。你说这种画法是不是偶然得来的！”

在座的人以前并未听过韩美林画风的由来，估计其他人也很少听过这个故事。

大家正热烈讨论着毛茸茸的可爱，韩夫人低声提醒着韩美林：“美林，别忘了你答应了给人家春晚画的吉祥物，你可还没动笔呢。”

韩美林：“放心，什么时候来拿都可以，绝不会让人家多等。”

韩夫人：“美林，刚才我与几位同志聊起来，人家可是我父亲系统的，都算是老同事呢，你可要好好给人家画。”

看着夫人给自己勒紧了紧箍咒，韩美林无奈地笑道：“所以俺不敢欺负你嘛，今天娘家来人了，就更不敢了。”

韩先生像孩子一般可爱。

陈龙看了看表，对着随行的三人交换了眼神，便起身对韩美林道：“韩先生，我们今天叨扰您太久，说了那么多的话，您的精神比我们还充沛。”

“陈龙，不用客气。”

“今天不多打扰了，还有一件事，就是给您的时间不会很多，只有一个月的时间。”

“啊？只一个月？哦，那俺还真得抓紧，行，俺先构思着，有什么想法让俺的助手与你们联系，没事儿。俺会认真创作的。”

韩美林不愧是山东人，豪爽、直接。

四个人告别了韩美林，急匆匆地上了车。

此时天色已经暗了，时间不知不觉地过了很久。

这辆车载着一行人行驶在夜色中。

第十四章　月黑风高夜，邮迷排队时

2016 年 1 月 5 日的清晨终于在一片忙碌之中到来了：

——这是第四轮生肖猴票首发的日子；

——也是《猴票她爹和爹的猴儿》一书登台亮相的日子；

——还是举办生肖邮票展览的大好日子；

——更是邮迷竞相购买生肖猴票的日子。

也不知道有多少和生肖猴票有关的活动要在这一天进行！

总之，在这一天的同生肖猴票相关的活动中，最为重要的事情，大概就是生肖猴票销售本身了！

为大家介绍一个场景：

2016 年 1 月 5 日，凌晨刚过一点，四周漆黑一片。

中国很多邮局门口，都排起了长龙。

男的，女的，老的，少的，他们之中居然还有很多农民工打扮模样的人……

各个邮局门前都沸腾了……

北京南城，牛街邮局门前，排队的邮迷目测起码有 2000 人，其中至少 1500 人翘起脚尖在直勾勾地瞭望着前面。

等待的时间长了，大家就扎堆闲聊。

当时大家谈论的话题是这样的：

“老王，最近我上过集邮网厅。太气人了！我要发泄一下。”

“你发泄吧，我们不拦着你！”

“我要抱怨登录的速度太慢！”

“我觉得发货的时间也是有点长呀！”

“有几次摇号我都没有摇上！”

“对，这些都是问题。我们反映过了。好像有点改善。”

“这网厅开办的时间不长，是不是也有个优化的过程！给人家点逐步完善的时间。”

大家还是普遍感到了网厅上线给集邮者带来的便利。

这个话题聊了一会儿就沉默了。

“那我们还能聊点什么？还有好几个小时邮局才能开门呢！”

“别说，我有个话题——邮市我们是不是可以聊一下呀？”

这几年，邮市的行情，除了个别时间段有点小起伏，总的来说还是很坚挺的。

大家普遍觉得这些年邮市稳中有升，对新票发行信心很足。

看到没有别的话题聊，于是大伙也就将就着拿邮市闲扯淡。

一开始探讨的还都是一些收藏性的话题，比如说哪些系列邮票受市场欢迎呀，哪些邮票的市场价还会涨多少等等。

后来又说到对市场的期盼上了，大家共同感叹：这样的市场热度要是再能多维持几年就好了！

然后该期盼迅速被升级：这第四轮生肖猴票就会大火一把！

两分钟以后又升级一次：第四轮生肖猴票整版一发行市场价值肯

定突破 500 元一版大关！

这些话题升级的始作俑者不是别人，就是排在第一位的一个老者。

他就是今天排队最早的一位，午夜 12 点之前就到了。到了邮局门口，看到陆陆续续的人群令他激动万分。他不断地对后来者说："大家都排好队！今天是我们邮迷的节日。"

节日？

生肖邮票发行啦，一年就一次……

看到人山人海的景象，邮政服务人员都紧张得头上冒汗，担心这秩序无法维持。

有人说，这个集邮真是太邪门了，一个刚收藏邮票没几天的邮迷也要弄几枚生肖邮票显摆，弄不到就会被同行瞧不起。

只见那位排在第一位的老者谈笑自若："这点人就怕了？我帮你们维持秩序！"

于是他决定讲几句，叮嘱大家一定要理性排队。

老人站到一个板凳上，扯着嗓子大喊："大家认识我不？"

底下的群众都说："认识，邮迷大老王嘛。业余协会会长。"

大老王当场谦虚起来，连忙辩解："我不是会长，我只是心肠有点热，热衷于公益活动……"

邮迷们说："你别谦虚了，你就是会长，我们认你。"

大老王听大家说认自己，一时心潮澎湃，也就不解释了，直接进入主题："既然你们认我这个挑头的，那我有句话，咱们都要遵守秩序。只要遵守纪律，每个人都能买到，一个都不能少。"

邮迷们说："大老王，我们都是邮迷协会出来的，也算在组织的人，别的特长没有，就是善于服从组织安排……你放心，我们绝对听你的。不过，你的话能兑现吗？"

邮迷们依然对大老王“一个都不能少”这句话有些怀疑。

当然能兑现。

不过，这点疑问，大老王不打算解释。

他从怀里掏出一叠纸条，每个上面都有编号，还盖上了邮局的日戳。

几个志愿者模样的人过来帮忙，给每人发了一张纸条，一个都不少。

排队的群众顿时一片叫好声，拿到纸条的人几乎都要哭了。一方面这些人激动万分：有了这条，就能保证明天邮局一开门就能买到生肖邮票了。另一方面大家觉得，拿到条后，可以找个地方眯上一觉，等邮局开门再回来不迟，不用那么辛苦了！

于是众人抑制不住心中的喜悦，放声高呼：“大老王，我们拥护你！”

当然也夹杂着不和谐的声音：“大老王，多发几个条吧，我老爸半身不遂，不能过来排队。我替他领一个号。”

话音未落，方阵里又出来无数的附和声音：“我老妈年事已高，也来不了。”

大家听了，纷纷交头接耳。

有人觉得可以，有人抱怨：“太少了！”

这话当即遭到旁人的谴责：“你这人怎么这么不体谅大老王？一个可以了，至少能买到四方连。”

僵持不下之际，大老王当机立断，跳到凳子上，大声疾呼：“一人只能一个条，这样才能保证每人都能买到！”

大老王是个心思缜密的人。他觉得，要是等天一亮，排队的人多了，这秩序必乱无疑。于是他早早准备好了纸条，每人发一张，大家有了纸条，心里就踏实多了。

秩序顿时井然了……

天亮了。

中国人有一个不好的习惯，就是爱看热闹。

邮局对面的煎饼铺老板看到有大批人在邮局门口聚集，站着愣神了半天，心里盘算这些人排队买什么？

了解情况后，老板顿时精神振奋，心想上千个倒霉蛋凑一块，盛况难得，赶紧找几个人在队伍旁支起几个煎饼摊。

那早上，煎饼铺老板挣得盆满钵满。

牛街邮局的牛局长一大早来上班看到上千人排队的场面，讶异无比，立马唤人将集邮公司经理叫进办公室。

“我说小侯，外边怎么这么多人排队，都是买猴票的吗？”

“局长，您是刚从部队转业过来的有所不知，这些人都是排队买猴票的，还有很多人雇人排队。”

牛局长都听傻了，那嘴巴张得老大，半天合不拢：“听说昨天晚上就有人排队？”

“嗯！这天这么冷，我们昨天半夜为排队的集邮者准备了热水。”

听完小侯经理的叙述，牛局长对他大加赞扬：“做得好，就应该这样，他们可是我们的衣食父母！”

“领导说得对，没有他们就没有中国集邮的今天！”

这些事对于新来的局长听起来很新鲜，因此他不断插话，提一些让人很难回答的问题：

——他们为什么来买邮票？

——是为了寄信吗？

——为什么都是岁数大的人？

不过其中最难回答的问题是：“既然这么多人买邮票，我们为什么不多印一些？”

小侯经理说：“局长，您刚来对集邮还不大了解。集邮收藏讲究‘物以稀为贵’，要是人手一张，要多少卖多少，就没人买了。”

有关生肖邮票，要在这里补充一个常识：

中国邮政一般情况每年发行 30 多套邮票，并不是每套邮票的发行都有这么多的人排队购买，只有生肖邮票。

有人会问为什么？

说一件事情你就清楚了，平日到火车站买车票，无论是动车还是高铁，很好买。

可是，你春节去试试，一定买不到，这叫“春运现象”。

生肖邮票也是这个道理，是供需关系使然。

当然了，知易行难，解决好这个供需矛盾说起来容易，真正解决好还真是一门艰难的学问。

想知道有多难，看看过去的经历就知道了。

生肖邮票的供需矛盾在第一轮生肖票发行过程中就显现出来了。

从第二轮生肖的第一套开始，发行部门有意识地增加了发行数量。

多到什么程度？

多到以两亿套计算！

结果第二轮生肖邮票连续几年出现了低于面值的现象。

那几年：

——收藏者离邮而去，集邮的基础没了。

——投资者将手中的邮票低价抛到邮市，邮票的市场没了。

——集邮产品的开发，自然也没了。

——更不用提集邮者会怎么想了。

原因很简单，供大于求。

后来再出现这类情况，邮政部门坚决不加发行数量。

这一点现在已经形成了广泛的共识!

还有，一定要吸取足够的教训。

我们知道邮票发行数量不能像过山车一样忽高忽低，就像说一个人在一个地方跌倒绝不可能在这个地方再跌一跤，因为人的本能无法承受连续两次的打击。

邮票发行也是如此!

当然了，这个例子只能在生肖邮票发行数量上成立，不能扩大，否则就没法解释为什么 1992 年先加大了第二轮生肖猴票的发行数量，紧接着 1997 年又加大发行了《香港回归祖国》邮票金箔小型张的发行数量。

吃一堑长一智，发行部门得出这样一个结论，解决生肖邮票发行的供需矛盾不是简单地增加发行数量能解决的。

认识到这一点，我们的故事还能继续下去。

早晨九点，快到零售的时间了，邮迷们一个个喜笑颜开，满脸期待……这时外面闹起很大的动静。

牛局长大惊："怎么回事，谁在外面闹事？"

手下人来报："局长大事不好，后面没拿到条的人往前面挤，秩序有点混乱……"

小侯经理："快去派人维持秩序，这样混乱我们不能卖！"

手下人道："保安已经过去了，估计秩序也很难控制。"

原来拿到条的人都买到了邮票，这时候又出现一批后来者。

在集邮群里，铁杆邮迷不少，可跟风的从来不缺。

新邮销售之后，邮迷们被发动起来，转眼间人数就加了一倍：

闹了半天还有更含蓄的人一直在公交车、地铁站、出租车里四平八稳、不急不慢地走了出来。

他们看到没希望买到这生肖邮票，一般人到这里就该崩溃了。

可是，孰不知这些人意志坚强，一点没有这种迹象，连脾气都跟平时完全不同：

——他们先是“痛说革命家史”，诉说自家来晚的原因。

——然后就开始炫耀自己多么喜爱集邮，同邮票的不解之缘已经有段时间了。

——再然后，诚恳地表示，这次来绝对不是一时冲动。

——再后来就开始一起向前拥。

——几百人一起狂喊“要买邮票”。

外人看来，这局面双方很难平和收场。急忙赶来的牛局长一见这场面顿时手脚冰凉。他以前没见过这阵势，有点像他在部队时的军演。他看着眼前有些激动的人群，良久才镇静下来。他小声吩咐手下说，把侯经理找来。

这样的事情不可能不引起牛局长的注意，此时他的心态非常复杂：

一方面他知道这事非同小可，生肖邮票的销售邮政集团三令五申强调做好服务，现在服务没到位，肯定受责怪。另一方面，他内心深处同情这些邮迷，人心都是肉长的，他们可是一大早从四面八方赶过来的。

于是他指示侯经理，假如邮迷的胃口不是太大，尽量满足他们的要求。

这个问题侯经理经验丰富，不用局长操心。

侯经理说：“这个事交给我了，领导放心。”

局长说：“不能掉以轻心，事态不可扩大！”

商量好了，他派出侯经理跟大家谈条件。

双方的谈判内容大体是这样的：

——你们冷静一点……

——我们肯定冷静，只要能买到生肖邮票！

——邮局理解大家……

——我们也理解邮局！

——大家有什么要求可以提出来……

——能卖四方连最好，不行的话，单枚也可以！

——为了维护好秩序……请你们排好队……

——这个没问题！

牛局长拉着小侯经理的手说：“小侯，这些人可都是咱们集邮的粉丝，尽量多卖一些邮票给他们，至少卖两张！”

牛局长为顺应民意，把一人买一枚一下子提高了两倍。

领导之所以是领导，自有他跟常人不同的地方。

第一个不同点就是严格执行规定。第二个不同点是执行规定中又不失灵活。

人群中响起一阵欢呼声。

当然也夹杂着不和谐的声音：“干脆点，卖个四方连吧！”

众所周知，中国邮迷不仅通情达理，智商也是很高的。他们手中都有预订证，都可以取到生肖邮票，在这里排队买到的是“计划外”的邮票。

第十五章　嘉年华

陈龙认为，中国集邮之所以有今天，主要是靠中国特色。

什么叫中国特色呢?

那就是中国的集邮消费有一种独特的现象，有收藏、投资、礼品及纪念品等几支消费群体，这就是中国特色。

把握住这一点就把握了目前中国集邮消费的命脉。

假如没有这个特色，只靠收藏这一个消费群体，规模肯定做不大。

总之陈龙的原话是这样的：“中国特色集邮经营的精髓是多层次的集邮消费和与之配合呼应的邮票发行政策……”

陈龙还说，除了“中国特色”之外，还要有“时代特征”。

我们知道，中国邮政集团公司设有一个叫做邮票发行部的机构。

邮票发行部有一个很重要的职能，它在确定邮票选题时除了展示邮票的传统元素之外，还要运用时代特征将时尚元素展现给公众。

其实该机构还有一个更牛的功能，那就是确定邮票发行数量。

集邮者在收藏邮票的时候，最怕有媒体扯着嗓子大喊一声：好消息！今年的邮票发行又加大数量了！

一听这话，排队的邮迷就会哀嚎声四起。

因为这意味着，今年的邮票价格会低到令人发指。

不过这些年邮票发行部门在邮票发行数量上控制得很是到位。比如说，第四轮的生肖猴票发行的数量就少于第三轮的生肖羊票。

邮迷们听到这个消息心里感觉很振奋。

在邮迷心中，1 月 5 日是个神圣的日子，就是他们的嘉年华！

每年生肖邮票销售时，天气总是太冷，排队的人总是太多，冬衣总是太薄，而邮迷们总是不为所动。

这件事听起来很匪夷所思。

不过在那之后，他们还干了一件更匪夷所思的事——快乐地忍耐着。

排到后半夜，集邮者探出脑袋往后看，总能发现后边的队伍在不断地延长、延长。心里面庆幸，自己来得及时。

到了天亮，人们几乎感觉到曙光就在前面了。

邮迷们除了直勾勾地瞭望外，还有些人在热烈地讨论着，讨论的话题就是第一轮生肖猴票为什么印的这么少？

首先，有一种民间的观点认为，第一轮生肖猴票印的少是先天造成的。

前面说过，第一轮生肖猴票是比较特殊的一种版别。至于是什么特殊版别，也不是什么秘密，就是胶影雕套印。

印刷专家说，影雕套印是当时最为先进的印刷技术，只有印制人民币和邮票才会使用，在我国只有印钞厂、邮票厂才有这种设备。

不难想象，印刷技术越先进，印刷的难度就越大。比如说，一般的胶印，合格率可以达到 90%，可是雕刻印刷，能到 70% 的合格率就要烧高香了。

印刷专家还说，第一轮生肖猴票印的少，就是因为成品合格率太低，据说只有 50%。

可是这样一来用不着专家，普通人也不禁要问：那为什么非得用影雕套印，而不用合格率高的胶印来印刷？

印刷专家的答案是：难道……邮票不是小型艺术品吗？如果是艺术品，影雕是最能表现艺术效果的！

于是有人别有用心地另作推论：

要是当时用胶印印刷，印刷数量不是现在的 400 万，而是 800 万，1000 万，猴票就不会有今天这么高的价格了。

也有人认为，第一轮猴票的价值是后天造成的。

这样说，是有很多佐证的。

第一轮生肖猴票发行在上个世纪初，那时候书信在中国大行其道，寄信消耗了大量的猴票。

当然还有一种可能性，那就是猴票升值经历一个逐级演变的过程，其间猴票作为收藏品、礼品分散到更为广泛的人群中，留在市场上的数量就更为稀少，价值迅速升高也就不足为奇了。

关于猴票价值的最后一种说法是这样的：

猴票的价值是经过设计者、雕刻者、印刷者、发行者共同精心打造的结果，是经过市场洗礼、大浪淘沙的产物。

总之，第一轮生肖猴票的经历有多种版本，令人眼花缭乱，莫衷一是。

这其实是正常的。

有关猴票，想在这里补充一个常识：

因为猴票“红”到一定程度，那么不管它如何，都会冒出无数种解读。

假如猴票现在一文不值，它也许只有一种解释。

好在这些版本的结局都终于一点，那就是不管怎么说，猴票之所以能成就今天热捧的局面，是可遇不可求的。

虽说生肖猴票的发行已经过去36年了，对于那些大多数同它擦肩而过、失之交臂的邮迷来说，无疑是他们集邮生涯中的最大遗憾；而对于那些慧眼识珠、把握住机遇的邮迷来讲，无疑是他们收藏生涯中的大幸……

以上这种关于第一轮生肖猴票的说法众说纷纭、莫衷一是，还是回到购买第四轮生肖猴票的人群中：

当然了，还有个细节不难猜到，那就是后来者会极为担心，等排到自己的时候会不会“邮票卖完了”。

这种情况一旦发生，邮迷就难免要做点亏本的买卖，比方说，不惜花上邮票面值几倍的价钱在邮贩子手里买一枚生肖邮票。

邮贩子，学名邮商。

其实，邮商和邮贩子还是有一定区别的：

先说邮商。

只要你在中国集邮圈呆的时间够长，往往会觉得邮商的口碑不够好。

其实那是你的错觉。

在中国，没有邮商就没有当今的中国邮市，这是一个不争的事实。

不过，中国的邮商鱼龙混杂，依法经营，邮识深厚的邮商申购，注意维护市场秩序，真心为客户服务的邮商有之。但总有一些邮商不是这样的，他们经营邮票的主要目的是利益驱动。

一般国家的邮政是允许邮商在邮政当局直接订购邮票的。可是邮商直接在邮政订购邮票这件事在中国大陆好像行不通。

其实这个问题也不是不能解释，只要你对中国邮商的特性有点了解：

——市场好了卖高价；

——市场不好就低面值销售；

——市场再不好了，就跑得无影无踪了。

不难看出，不管以上哪种说法为真，邮商的风险都不小，不赚钱的话下场不是跑路就是赔本赚吆喝！

关于邮商这个群体，很多人认为，这些人是机会主义者，证据就是他整天质疑“邮市到底能红火多久”，有点风吹草动就要转移资金。其实，这是投资多元化、市场化才形成的习惯。

在改革开放之初，依靠邮票投资的邮商群体是相对稳定的。

举例来说，经历过上个世纪八九十年代的邮商群体，尽管他们在邮市里有赔有赚，但是不管见了谁对邮市不满，都会开导人家说，邮市起伏是正常的，等一等总会有机会的。

“你到股市、楼市看看，坑了多少人，套牢了多少资金；但是你到邮市看看，大家过得都不错嘛。所以说，邮市和股市、楼市比较，还是不错的……”

几乎所有被劝的人都听从了他的建议，振作起来，以健康的心态重新走入邮市。

再说邮贩子。

把这个词出声念一遍，不信还有人不明白是什么意思。

假如你买票排队时，有人从你身边经过，小声说：邮票，邮票……

那么他就是个邮贩子。

假如你在买票，整个售票处的人都在规矩的排队，偏偏售票窗口不远处有几个彪形大汉推搡着几个民工装扮的人挤进队伍，那么他们就是邮贩子和他们的“票托”。

假如你买不到邮票，垂头丧气失望之极，这时有个人凑上来跟你说“其实，你找我呀！”那么他们也是邮贩子。

有人问，为什么不能制止这些邮贩子。

这不现实。

历史上屡禁不止。

邮票作为收藏品有其规律，它会在利益的驱动下流动。

以下对白来自现场——

邮贩子：“哈啰！”

“啥，哈啰？”排队的邮迷一头雾水。

邮贩子：“我说英语你都不懂！你在这里东张西望排到最后一名，还能买到邮票吗？”

邮迷认真地说：“这不正在排队吗！可惜起来晚了，不知道能不能买到？”

邮贩子：“我看没戏，来得太晚了，你看你前面排了多少人！至少有1000人。”

邮迷失望，泪珠滚滚：“是呀，怨我呀，遇到堵车，起个大早赶个晚集。”

邮贩子：“我来帮你解决问题吧，我手中有。”

邮迷：“你说什么……你手里有？太好了。”

邮贩子从包里掏出许多生肖邮票，有单枚、有四方连，给邮迷看。

邮迷：“你怎么能买到这么多……会不会是假的？”

邮贩子诚信遭遇危机。

邮贩子深受刺激，大怒：“你刚才说什么来着……假的？可能吗？全是真的，这是早晨我雇人排队买的……品相就是好，你要不信，咱们到国家权威认证中心机构去认证。”

怎么觉得这邮贩子忽悠呢！买一套邮票还需要去认证吗？

邮迷：“认证就没这个必要了！你这个四方连多少钱？”

邮贩子板着面孔回应：“50 元钱！你看着办吧！”

邮迷被吓了一跳，半天反应过来：“打住，50 元？坐地翻 10 倍！你干脆抢银行得了！”

邮贩子沉着脸，反问：“那你说多少钱？”

“40 元，我买了！”邮迷义正词严。

“45 元。”邮贩子心有不甘。

“42 元，这是最高价了，不能再高了。”邮迷道。

“我习惯三次还价，也是最后一次，43 元。”邮贩子气疯，“再说就 44 元。”

想不到邮贩子又降了 2 元。

关键时刻，邮迷痛下决心：“成交！”

成交之后，邮迷的心里又会有一阵满足感。

追求快乐，是邮迷们的最大美德；心满意足，便是他们此项美德的常见表现形式。

第十六章　未洋的烦恼

1月5日，丙申年猴票发行。

作为邮政员工的未洋早早地来到邮票印制局毗邻的一个叫牛街的邮局实地考察。

老远地只是瞅了一眼长长的队伍，未洋就满含热泪很幸福地回邮票印制局上班了。

未洋是个好女孩——大伙儿都这么夸奖。

这女孩工作认真细致，还有一个优点，就是心肠热，凡她能帮得上的，她都乐呵呵地帮人家一把，让人心里暖洋洋的。

她叫未洋，整日喜气洋洋，干起活来洋洋洒洒。

她年龄小，年长的编辑看到她，就会想起自己刚参加工作的孩子，叫她“小羊”，也寄托着一种呵护与亲切。

单位同事有啥事，无论是什么编辑工作，还是出去约设计人员，她都主动帮忙，完了还不忘叮嘱一句：“有什么需要我做的，言语一声！”

领导布置其他人任务后也常说：“你要是忙不过来，就叫未洋帮一把！”

然后就扯着嗓子喊：“未洋！”

未洋准会在第一时间回应：“什么事，我在这呢！”

未洋接触过的设计家太多了，有名的无名的，知名的不知名的，她都能做到一视同仁，脸上挂着的总是笑容！

有人图稿交晚了，她会替人解释：“明天，明天也许能交，我刚打过电话，明天肯定交上来，再给人家一天的时间。”

该同志总是替别人着想。

实在话，未洋是个极为勤奋的女孩。

去设计者家，无论多远，只需一声喊：“未洋，走吧！”

那个很单薄的身影，就会应声而出。

如果设计者年龄较大或身体不好，她会自己掏钱买上一捧鲜花……令设计者心中感动。

邮票印制局图稿编辑部是一个大家庭，身为其中的一员有着莫大的幸福和荣耀感，给人一种“邮票之家”、“邮票的助产士”的感觉。

大家的这种幸福感、归属感和荣誉感是图稿编辑部每位员工生存的脊梁，大家都极为珍惜，尤其是未洋！

可是，没想到呀没想到，自从1月5日生肖猴票发行后，她的幸福指数就彻底改变了。

有那么多的人找她买邮票。

小学、中学、大学同学都来找她。

七大姑、八大姨、五叔公、六阿舅、三堂哥、四表妹全都到她家聚齐，手里拿着一摞钞票。

以往过年时，都没见他们的面。

未洋把那一沓钱推了回去：“您们饶了我吧！我买不到。”

父母看到气氛有些尴尬，赶紧插嘴救场。

“女儿，能帮还是帮一下吧，你阿舅大老远来买猴票，一定是有急用。人家又不是不给钱！”

父母帮忙帮不到点子上，闹得气氛更尴尬。

“可不是，咱家那不争气的儿子，这次争气了，响应国家号召生二胎，真的怀上了，你说我这个当爷爷的能不买套猴票，给未来的孙子留个纪念吗？”

未洋咳嗽了两声，答非所问地说：“这不是钱不钱的事，是没地方去买。”

“你们印邮票难道还不卖邮票？这话谁信呀！”

听了这番话，未洋只能大摇其头。

未洋在印制局多少也工作几年了，早就知道这个地方是什么规矩，于是直截了当地告诉阿舅：“我真的没办法！”

集邮圈里的人可以证明，邮票印制局的职工还真是买不到邮票。

这话只能糊弄鬼，父母和阿舅很快就听出了破绽。

他们不好意思说铁路局的职工都能买到火车票，民航局的职员也能买到飞机票。

父母一听当场拍了桌子：“闺女！养你这么大算是白养了，咱家亲戚都让你得罪光了……”

未洋还有点委屈：“我也不愿意得罪他们，我又没请他们来……”

为这话，她又挨了一顿骂：“小祖宗，你真是没救了！数典忘祖，小时候过年的时候，你阿舅给你买过蹿天猴……你就不知道感恩报答呀！”

“要是不买猴票，只买蹿天猴，买多少都行。咱家对面的鞭炮专卖店就卖。”

父母大怒："小祖宗，你都敢顶嘴了，翅膀硬了不是！"

一顿说辞把未洋骂傻了，一句话也不敢回嘴。

买不到，这些亲戚就住在她的家里不走，一住就是十天半个月。

为此，丈夫只好和她两地分居，长期住在办公室。

有时，丈夫来电话问她："这些大爷、大娘哪天走？"

未洋总是说："我也烦，但是毕竟是亲戚一场……"

为此，夫妻俩没少吵架。

没几天，未洋的精神就有点抑郁了。

关于自己为什么抑郁，她自己当然清楚。

她只是觉得自己最大的噩梦就是被以前的熟人认出来。

因此自打 1 月 5 日后，她深居简出，一个人关在办公室里，或者一人待在家里。即使这样，她发现自己依然无法过上以往的平静生活。

她无时无刻不在担忧——

她怕出门时看到邻居求助的眼神，也怕在书店听到服务员讨好的招呼声。

要知道，过去她经常去书店，与服务员混得很熟，有什么好书人家都主动给她留下一本。

上班的路上，不管是谁抬头朝她看一眼，还是谁在街角交头接耳，她就神经质地觉得别人认出了自己。

后来她对电话铃响都充满恐惧，自己不熟悉的号码都不接。

随便有个敲门声都会让她心惊肉跳半天。

她终于奇怪地发现，这个世界上居然有这么多的人认识自己，有这么多的人想托她购买猴票。

未洋其实已经隐约意识到，自己今后一个阶段恐怕永无宁日。

她也回想起，以前的大学闺蜜对自己的嘲笑：去印制邮票的单位有什么好？这年头谁还买邮票。

她想问：这年头谁还不买邮票！

未洋一开始也不知道为什么这么多人找自己买猴票。

后来尹虎给他提了个醒："人家是看了那本《猴票她爹和爹的猴儿》的书，知道你参与了前期猴票发行的策划。"

这个，未洋当然不会忘记。自己确实是参与了前期策划，不过自己只是个龙套。怎么买邮票不找主角，专找龙套？

要是……要是能搬家到一个没人认识的地方去住，那该多好……

于是她开始动员父母搬家。

这当然遭到了父母的拒绝。

"怎么能搬家？这是印制局借你的房子！"

这话听起来有些奇怪，不过也不是不能解释。

未洋几年前大学毕业分配到印制局，住的是局里借给她的周转房，每个月的房费只有几百块钱。

令她崩溃的是，要是另找地方租房，要至少花费她半个月的工资。

所有这一切，令她无奈地摇摇头。

未洋的这种无奈，其他的人也存在。

这些人是陈龙、尹虎和武马，还有大部分在邮政工作的员工。

第十七章 “猴”会有期

未洋的本性是温文尔雅，为人热情低调。

不管跟谁说话，脸上先露出温和的微笑。

不管是谁求她，她都会尽心尽力帮忙。

可是买猴票这事，她真是帮不上。那些天，未洋的心里一直很郁闷。她左等右等，那几位亲戚就是赖在她家不走。这种态度在她看来甚至比父母骂她几句还坏。都是亲戚，真是急不得也恼不得。

她感觉自己要崩溃了。

一个离奇的想法涌入了她的大脑：即使自己现在不能搬家，也要找个地方躲躲清闲……

恰好时隔不久，北京市郊一个带有“猴”字的小镇邮局举办生肖邮票品鉴会，请未洋参加。未洋想都没想，就随口答应了。自己也没法解释，为什么要这样做。她只是觉得，一些被压抑的情绪，需要找个地方放松。

第二天，未洋如约而至。

整个小镇熙熙攘攘，好像人人都知道要举办这个生肖邮票的品鉴会似的，小城里的许多百姓似乎都挤在这里。

找到约定地点，未洋发现这里果然准备得很充分。

一座高台拔地而起，四周十几条长杆挑起巨型横幅，上面写着各种宣传的口号。

——“猴”会有期，四世同堂！

——猴票发行，猴年大吉！

——猴年马月就在今朝！

到了现场，未洋忽然来了灵感，这生肖邮票买不到，可以买点生肖邮品回去向亲戚交差。于是，她手里拿着生肖邮票的宣传单页，到每个展台上翻着邮品，不时地打听着价钱。

随着购买的人越来越多，场外的人可就进不来了。

未洋看中了一款性价比适中的邮品，想购买一些回去应付差事。无奈销售这款产品的摊位前排着长龙，估计得有上百人。

从前边的叙述可能也看出来了，未洋是带着使命来的，因此购物的心情就有些迫切。看到很多人排队加塞，也只能露出无奈的表情。

她排了一个小时的队，可还站在队尾纹丝未动。

这一个小时，未洋弄得是灰头土脸，衣服被挤得皱皱巴巴，裤子上净是泥土，脚背上全是鞋印，可手里拎着的那张生肖邮品宣传单页却没舍得扔掉。她很沉得住气。

她就好像只顾看风景，完全忘了过河的人一样，把购买邮品抛在脑后，站在队尾发呆。

这也符合她的性格。

她脸皮特薄，与生人谈话，往往嘴还没张，就先满脸通红。

说不到两句话还经常小心地停下来弱弱地问对方：“我是不是没说清楚？”

忽然，她的后腰被人捅了一下。

“咱们排队能不能换点文明的方式……”未洋头脑里浮现了这么一个念头。

好在捅她的不是一根棍子而是一位老大妈。

大妈客气地说：“对不起，姑娘，我不是故意的。”

于是她开始同站在身后有着同样尴尬境遇的大妈闲聊：

——您是……

——呵呵，快过年了，给亲朋好友买点礼品……

——我也是，想给几位外地的亲戚……

——呵呵，这人也太多了，咱也挤不上……

——是呀，我也挤不上去……

——姑娘，挤不上去，就别挤了。嘿嘿，嘿嘿……

本来两人还可以继续这样谈下去，反正天色还早。偏偏天公不作美，飘飘洒洒下起了小雪。

未洋默默地抬头看着天，心里在想：难道就这么回家？东西还没买到！

好在老天爷领会了意思，小雪很快就停了。

未洋又向一处更为热闹的地方走去。

这地方像个大戏台。台下人山人海，台上也热闹非凡。

未洋探头望去，主席台的另一头站起个白色的身影，一位主办者模样的人正在吆喝：

“各位父老乡亲老少爷们大哥大嫂，我今天代表小镇邮局给大家送礼来了！您要问送什么，那就是我们发行的第四轮生肖猴票，有封、片、折、卡、册，样样俱全，欢迎选购……”

此人的讲话声音不大，时隐时现。更何况台下的观众一直在组团议论。

据未洋回忆，大家讨论的主要内容大概是这样的：

——他说的这些东西有没有限制？

——听说一人限购一份。

——这队在哪儿？

——在那边。

——妈呀，这得排几个小时呀！

——算了，咱也甭排了，我有预订证，到邮局取吧，省得排了。

——也行，这演出还没结束，咱看看节目吧！

光说不练假把式，还真有节目表演。

话音刚落，台左边一支业余乐队已经开始吹吹打打，演奏《敢问路在何方》，从演技水平推断，应该主要由邮局职工们组成。

音乐一停，一群小孩蜂拥上台，表演猴戏。

“好！”台下响起稀稀落落的掌声。

看样子是邮局职工的孩子，离整齐划一差着好几条街。

不过，他们的努力终于取得了回报，台下的观众开始有人掏钱买邮品，场面火爆异常。

还有一群看热闹的开始扯着嗓子聊天：

——“最近的邮市可是真好！”

——“可不，我们赶上好时候了。”

——“我那点股票可赔了不少。”

——“没关系，从邮市里能赚回来。”

——“哪儿那么容易，股市里我赔了几十万。”

——“你买猴票了吗？”

——“当然，当然！”

……

这几个人群聊兴致正浓的时候，忽然听到有人高声呐喊：“第五个摊位不限量，可以随便买！”

人群顿时发出一声惊叹，结果秩序就失控了，好多人立马冲了过去。

未洋先是莫名其妙，后来又为大家奔跑的速度所震惊。

其实，大家这样跑，完全是因为有人传递“不限量”假消息造成的。

保安赶紧过来维持秩序。按理说是他们负责秩序维持的，但是他们一出现，秩序反而更乱。

就在这一片纷乱中，有人终于弄明白了：

——这是哪个家伙传递假消息？

——还能有谁呀？还不是那几个邮贩子啊！

未洋在这个品鉴会上转悠到天黑，终于在一个摊位上买到了自己心仪又可以交差的邮品。

她想好了，别的都是小事，自己家庭的安宁才是大事。小的时候，她是在大家庭中长大的，同七大姑八大姨都有很深的感情，她不愿意为了几枚猴票开罪他们。因此，她特地多买了几份。

她对主办单位组织的各种表演不以为然，觉得他们首先应该把销售秩序维持好。

当然了，未洋还是觉得不虚此行。

第十八章　不堪往事

生肖猴票发行后不久。

陈龙几个人大步走进韩美林艺术馆的大厅，门口的保安一听说是来找韩先生的，就做了一个“请”的手势：“进去吧。”

这天拜见韩先生的过程，倒是比想象中要顺利得多。

“韩先生，这段时间够辛苦吧？”陈龙扫了眼面前的韩先生，发现老爷子最近消瘦了许多。

“不辛苦，做事情哪能怕辛苦？”韩先生笑了笑，看了眼大家，说道，“陈龙，这么远，你们怎么又过来了？”

陈龙叹了口气，对韩先生道：“先生，不瞒您说，还不是关心生肖鸡票的进展吗？”

“哪儿能那么快呀！”先生微微笑道，“还在找灵感。画画的人没有不知道的，这没有灵感是画不出来的。”

“灵感还没找到吗？”

“尹虎，你也是搞设计的，哪儿那么容易啊？”

“言之有理，言之有理！”尹虎一听赶紧附和。

听到尹虎同意自己的观点，先生的眉毛不禁微微一挑，脸上的笑容就更加灿烂了：“灵感一有，下面的事情就好办了！”

说着他又顿了下，说道：“别急，这灵感快来了，俺有预感就这几天，你们稍安勿躁！”

尹虎看到韩先生一脸等待灵感来临的神态，他呵呵地笑了起来：“那就等吧……希望您的灵感早日到来！”

韩先生“哦”了一声，露出一副凝重的表情：“尹虎，俺这灵感说来就来……”

“是呀，过去搞设计，曾经下基层找过灵感。”

“这是对的，一定要深入基层。你见过哪个画家一天画一百张不重样的？俺就能。俺这一生都不画重样的，可见俺在下面生活起了多大作用。”

“韩先生，您真厉害！”大家赞叹道。

“艺术家跟从前不一样了，以前是专家式，现在是杂家式。以前你闭门画牡丹、梅花就可以，现在必须要关心人类、水、污染等。”

“是呀，这社会变化多快呀！”

“如今大数据时代，也就是比特时代，信息来得快，门类也多，跟不上这个时代，你就是个匠人。”

“韩先生，反正现在我们都在找灵感、等灵感，不如换个话题？”

“换什么话题？”

“韩先生，听说您在‘文革’期间有一段惨痛的经历，巧了，我也有一个经历不知道是不是同您的类似？”

“不可能，你和俺的年龄整差一代，怎么会有相同的经历。不过，你可以说说。”

陈龙的经历是这样的。

1976 年，陈龙高中毕业，被分配到东北的一个农场劳动。大小伙子，干点农活倒没什么，有一把子力气。只不过陈龙在农场运气很差。比如说，从劳动强度来看，保管员、采购员最轻，食堂大师傅次之，最差的是下地干农活的苦劳力。陈龙偏偏就被分配去干农活。

三者的服装上有三六九等之分：采购的是灰色制服，食堂大师傅白色围裙，下地干活的只能穿土布劳动服。

第一次穿着麻袋片般的劳动服外出干活，陈龙想死的心都有。

东北平原一望无际，下地干活连个活人都看不见，四下望去空空荡荡，只有一片片农作物陪伴着你。

只有田间休息时，才能见到十几个人面无表情地坐在地头抽烟。

过了一会儿，打头的对大家喊："行了，行了，该干活了。"

大家极不情愿地站起来伸懒腰。

他所在的农场，除了玉米和高粱，看不见别的农作物。

偏偏农场这地方还突出政治，经常有领导组织大家"比武"。这个比武不是比锄地，也不是比施肥、挑担，甚至不是比陈龙擅长的口琴和黑板报，而是比唱歌。还不是比谁会唱的"红歌"最多。

"这是农场，又不是剧场！"

每次比赛完之后，陈龙都唱得嗓子生疼。

更可气的是农场的伙食十分单一。人家别的农场都是自己种什么就吃什么。偏偏陈龙的农场只种玉米、高粱，吃的是上一顿玉米饼子，下一顿高粱米饭……

他不能理解的是，农场这帮领导热衷政治运动就算了，为什么还不务正业，对种地这种技术活指手画脚?

这里需要说明一下，作为农场的员工，你想自己决定地里种什么是不行的。这是因为农场领导经常对农业科学进行指导。

陈龙记得，场里每换个领导，地里就要换一茬庄稼。

这是因为新领导往往要下令，说某种作物“高产”，今年全部种这个。

这种日子一过两年，陈龙的激情已经消磨殆尽。他有一肚子苦水，但是不能随便跟别人说。因为农场鱼龙混杂，一句话说错了很容易被人无限放大，上纲上线。

因此，陈龙只能对上级——贫农代表，偷偷发牢骚。

关于贫农代表的情况，大概是这样的。

他是个老兵，参过军，去过朝鲜抗美援朝。战后光荣转业，到了农场落户。贫农代表的工作就是管理这里的“知青”。

好在两人相处还算愉快。

贫农代表几乎天天同“知青”在一起，“知青”劳动他陪着，“知青”唱歌他也唱，名曰“同吃同劳动”。

当然，贫农代表另外一项工作是做“知青”的思想工作。

有时候他还要讲两句话：“……帝国主义、修正主义亡我之心不死……随时可能侵犯我国……”然后强调，“我们要种好粮食，养好了猪，才能……”

贫农代表至少还能跟别人吹嘘一通当年当兵的经历，而陈龙除了干活竟然没别的可说。

每当陈龙向贫农代表抱怨“我什么时候能看看书”，贫农代表就拿出报纸让他念上一段。

陈龙只好长叹一声，无话可说。

有时，贫农代表也会请陈龙到家里吃顿饭。

酒酣耳热之际，两人也说上几句掏心窝子的话。

陈龙曾经问过贫农代表，当初为什么要当兵。

贫农代表说，当初家里穷，当兵是为了糊口。

问到陈龙为什么来农场？

他的回答是响应号召，沉默一会儿，然后继续埋头吃饭。

有时两人还探讨一下农场的伙食。

比如陈龙就经常抱怨生活艰苦，贫农代表则说：你这算什么，还有更苦的。然后他打开一个小本子，从里面拿出几枚《志愿军凯旋回国纪念》邮票，讲一些志愿军炒面就雪，坚守上甘岭的事迹。

陈龙有时候还说咱们总"抓革命"，这生产不就荒废了吗！

贫农代表也不批评他反动，只是说这农场，既抓革命，也促生产。弄得陈龙哭笑不得。类似的话他以前听得太多了。

坦白地说，陈龙早已对这类事情的真伪产生了怀疑。

他在农场最大的收获，就是开始独立思考问题，而不是人云亦云。

陈龙农场的事情谈完了。

韩美林陷入深深的沉思之中。

关于"文革"，也是他的噩梦，身受之苦倾诉不尽。

韩美林只是庆幸自己的命运在"文革"期间没有被毁掉。

于是韩美林向陈龙他们说起了自己曾经被抓到看守所的事。

没想到一聊起这个话题，气氛比陈龙讲述自己经历时陡然悲壮了不少。

韩美林说："1966 年，我被抓进淮南看守所有四年零七个月，接受'脱胎换骨'的改造。那时我只有 30 岁。"

"您进过看守所？"

一提起看守所，韩美林就怅然若失。

1700 个日子在头脑里一闪而过，像飞驰而过的汽车。

闪完了之后，他侃侃而谈："1966 年，'文革'开始，俺被扣上了‘反革命修正主义分子’、‘三家村的黑爪牙’两顶帽子。”

接受改造，韩美林虽身体单薄，倒也安之若素。

让他难于忍受的是，被逼交代问题的日子……

有什么反动言论？为什么里通外国？为什么叛国卖国？

时不常地被拉出去接受批斗。

还要交代检举其他人员。不交代清楚，不“咬”别人就棍棒相见。

有几个狱友不是什么胆子大的人，人家皮鞭子一打，就吓得竹筒倒豆子一样，知无不言，言无不尽。更有甚者，胡说八道，乱咬他人。

不过韩美林是个异数。别说皮鞭子，就是要了他的命，他也不会乱咬别人。

“不可能！这点骨气还是要有的！”

“你说，那个年代，俺怎么能咬别人呢？俺要是咬别人的话，俺的那些朋友，俺的那些老师可能都受大罪了。”

在看守所里，韩美林就过着这种备受煎熬的生活，听着翻过来覆过去的假话、废话、虚话，心里无比的烦躁。

陈龙：“听说，您的这个手曾经筋都被挑掉了。”

韩美林：“是的，挑掉了。”

武马：“筋都被挑掉了，后来怎么恢复，怎么画画呢？”

韩美林：“当时俺就骂他们祖宗三代。”

诅咒这类人不是一种理智的行为。可惜韩美林只图口快，忘记自己是个弱者。结果，越骂他们，韩美林就越挨打、越挨揍。

谁都没想到，那个筋断了以后，看是断了，其实还有别的筋没断，后来慢慢恢复了。

不过，还有外伤，手骨、脚骨都被打碎了。

多亏了韩美林的一位姓应的狱友，他是国民党的军医，医术高明。

军医最擅长的就是伤筋动骨的外伤。

他把碎骨头整理好，然后用筷子做支撑，拿纸板当托板，固定了起来。

如果没有他的治疗，韩美林的腿和脚就废了。

号子那个地方只有一个通气的小窗户，室内有一个瓦数很小的小灯泡，这样一来就很难记清白天和黑夜。

号子内，狱友们规规矩矩地坐着不行，头还得抬起来，不准埋着头。

那里，没有取暖设备，冬天冻着。但冬天比夏天好过。太冷就互相挤得紧点。天热很难熬。屋里不透风，又有粪桶，又臭又酸，那股子味儿没法形容。

放风时，狱友们聊起往事，往往七八个当事人都弄不清某件事是在哪天发生的。

韩美林也搞不清楚。

人生并非如某些人所说，很短暂，事实上，有时候它很漫长，特别是对苦难中的人，漫长得想死。

他只知道自己正在痛苦地消磨生命。

韩美林还记得，当年中央美术学院毕业时，是何等的慷慨激昂。

那时候他怀揣梦想，准备在他的艺术王国里大展拳脚，为祖国建设干点什么。

然而在看守所，他发现，自己连张纸都找不到。

他真想赶紧离开这个鬼地方。

然而这是不可能的。

不能离开，能练练画也行啊！

所长自然不允许。

这里，要么劳动改造，要么反醒自己，要么举报揭发别人……就是练画画这事不能同意。

韩美林心底里知道，自己恐怕要一辈子在这里度过了。

人一旦想开了，对待命运反倒坦然了。

然后他发出一声感叹，好像是心里打开了某道闸门，无论如何，自己画画的技能不能丢。

要在看守所里练习画画，还不能让看守们发现，按说不是件容易的事，可是，韩美林做到了。

他把米汤抹在自己的裤子上，等米汤干了、僵硬了，再在上面作画。

画画的工具都是用筷子凑合。

号子里进进出出有各种人物，各种面孔，都可以成为他练习速写的对象。

不过每天就发一碗米汤，不能都抹在裤子上，都抹在裤子上自己吃什么？

好在韩美林采取了不同的对策：他最常画的是心里的画。

他费这么大力气练习画画，有人会猜想是为了提高绘画技巧。

这是不了解韩美林，其实他是为了练习手的功力。

很多年后韩美林提起时还会说：就这样，在看守所的四年，我把自己的手练出来了。

他的手虽然有点残，断一块筋，但他照样能得心应手地画画！

我们知道韩美林是个天生的手艺人，不管干什么都追求卓越，因此画画这活他越练越起劲，越精通越喜欢。

“精神食粮”暂时有了，可是物质食粮严重匮乏。

最让人难以忍受的是伙食。

也许别的看守所的伙食还能见点什么油腥。但这里的菜是烂的，洗都不怎么洗，带着泥和沙子。粮食也就吃两口就没了。那时真是饿得受不了。

尽管这样，他们有时还会被押到田野里拔草、浇菜、干活。

当然下地干活也不是一无是处。比如说，摘个野果、挖个野菜、捡个野蘑菇什么的。还比如，抓个豆虫、蚂蚱、蜻蜓、蛤蟆什么的。抓到之后就往嘴里填。没有他们不能吃的东西。仿佛他们全是饿鬼托生的一样！

假如天上的星星能摘下来，他们一准儿会搁进锅里给煮了吃了。

三个月见不到一块肉，半年理一次发，一年洗一次澡。

长期看守所生活，营养不良。此时，韩美林的体重只剩下 72 斤。

如果他继续关在里边，恐怕永远走不出去了。他的身体已经完全垮了。

看守所一位管理员已经看出他快不行了，不大叫他出去劳动了。每天叫他在院里多坐一会儿，晒晒太阳。

放韩美林出去的前一天，那时他正在晒太阳。

看守所所长三番五次在不远处咳嗽，小声地唱着“谁不说俺看守所好”之类的小曲。但是韩美林听了完全没有反应。

最终，所长看着韩美林说道：“哎呀！真巧！这不是韩美林吗？”

“是俺，所长！咱们天天见面，今天怎么了？”

“你就要出去了。”

“什么？”韩美林心里好像有一阵阵的电流通过，“哪天？”

“明天。”

“你怎么知道？”

“我也是昨天才接到的上级命令！”

“哦，知道了。”韩美林假装镇定，不露声色。

这位所长姓杨，瘦高，小眼，黄眼珠。脑门的头发已经退休，泛着油光。他心狠手辣，没有人性，更没文化。众所周知，这种人不可小视。他把看守所里的人都看作是阶级敌人，欲置之死地而后快。他主张对敌人就得恨，就得狠。

对于这个人，不光韩美林恨，其他狱友也恨。

这家伙假情假意地问："明天就放你出去了，你有什么委屈还可以发泄发泄，出去就别发了，你在这儿发的不会给你算什么。"

这家伙还在引弓不发，为韩美林设陷阱！

"发泄什么？"韩美林装糊涂。

要是放在几年前，韩美林恐怕会对这说辞深信不疑。现在他对这种小伎俩一眼就能看清楚了。太"小儿科"了！

"韩美林，你在这里呆了这些年，就没有一点认识？"

"认识啊，咋啦？"

"我就是……我就是想啊……你有没有什么感想……"

这家伙没有猜错。

韩美林的确有感想。

具体说来是这样的："俺有感想，一俺不是反革命，二俺不是阶级敌人，三就是给俺一杆枪俺也不会杀人。"

对于韩美林如此回答，这家伙自然无计可施了。

两人一来一往交锋了许久，这家伙没词了，最后抛出一句："明天你们单位派人就把你接回去了！"

第二天上午，工厂真的派一个人接他出去。

两人走出看守所。

公共汽车上，只见一个个乘客对他指指点点，交头接耳："这家伙是人是鬼？"

别人指指点点的时候，韩美林也不是干听着。他也有自己的心事。

听到小孩子哭，自行车铃响，看到卖东西的小店，韩美林感慨极了！

他感觉自己是人了。

他看到卖馄饨的，卖香烟的，听到小贩叫卖的吆喝声，他感到自己从地狱回到人间了。

不，是天堂。

那是 1972 年 11 月 8 日，韩美林终身难忘的日子。

在一片死寂中，韩先生讲完了自己这段刻骨铭心、不堪回首的经历。

“陈龙，俺的命运比你的惨十倍吧？”

陈龙终于明白“命运”是什么意思了。

他在与韩先生接触的过程中，对他“命运”的了解也越来越深……

第十九章　小兵韩嘎

韩美林一生中，有几次敲门声改变了他的命运。

其中有一次是这样的：

1949 年的春天，12 岁的贫家子弟韩美林，刚考上济南市立第一中学三个月，就辍学参军。

全国解放后，他跟着司令员万春浦在济南修建烈士纪念塔。

万司令有着高高的颧骨，宽阔的前额，挺直的腰板，风度翩翩，头发一丝不乱，浑身透出沉着刚毅的军人气概。

韩美林不仅是万司令员的通讯员，也是他的勤务兵。除此之外，他还负责扫地、端饭、倒水、送信、牵马、站岗……但他最愿意干的还是照顾司令员的那匹大白马和它的一白一红的两匹小马。

那年头生活很艰苦，部队也不例外。上顿粗粮、下顿粗粮，一个月能吃一顿细粮就不错了。为此，还是孩子的韩美林经常偷偷深入到部队厨房拿枣馒头吃。

走出厨房之前，他看到案板上有几根黄瓜。他想到了那两匹可爱的小马。大人们都知道，马只吃草料和粮食，不大吃蔬菜。可是小孩不是这么想的，他想自己饿了都知道找食物吃，这小马也许吃黄瓜。他臆想片刻之后就给那两匹小马捎带了几条黄瓜补身体。

1949 年 10 月 1 日，共和国成立的那天，韩美林想以实际行动庆祝“国庆”，于是他给那两匹心爱的小马喂了十几根黄瓜。

第二天，出现了怪诞的一幕，两匹小马跑肚拉稀。

东窗事发，韩美林自然为“黄瓜门”事件承担全部责任。他被饲养员老赵鼻子不是鼻子脸不是脸地臭骂了一顿：你这个小鬼怎么这么莽撞！你知不知道小马爱吃的是黄豆，而不是黄瓜？是不是让我到万司令那里告你的状？告诉你，记住了，以后不能给我的小马喂黄瓜吃！再让我抓到可不会轻饶了你！

这些话可不是吓唬，老赵喜欢韩美林不假，可是他更喜欢那两匹小马。到司令员那里告状，他真能干得出来。

似懂非懂的道理使韩美林彻底打消了今后喂小马黄瓜的念头。

——饲养员老赵说了，以后可以喂黄豆。

——早说呀，俺就不喂它们那么多的黄瓜了。

——喂黄豆，是不是太单一啊？玉米可以吗？

——总之，两匹小马和万司令都是俺最好的朋友，谁也取代不了！

不过，部队的氛围是和谐的，在这里，机灵就是硬通货。

韩美林就是在这个环境中逐渐得到了锻炼。偶尔鼓足勇气发言，也能说到点子上。得到万司令的赏识，既高兴，也不安。

有关万春浦万司令的革命生涯，具体情况是这样的：

他原是山东苍山县抱犊崮山区颇有影响的开明士绅，后来任八路军鲁南军区副司令员。抗日战争期间，他将自己的全部财产献给了八路军。他参与组织领导了鲁南地区的军事斗争，为八路军 115 师建立发展鲁南抗日革命根据地做出了巨大的贡献。

其实，这位司令员的最大特点是知人善任。修建烈士纪念塔最需要专业人才。他看到韩美林自小喜欢画画，人又机灵。于是就对韩美林说：“小鬼，你也不能老跟着我，到下面锻炼锻炼。”万司令要把他调到浮雕组。

尽管有心理准备，韩美林仍然黯然落泪。参军时间虽然不长，但司令对韩美林的教益，影响何其深远！生活上的悉心关照，工作上手把手教，谆谆教导言犹在耳，韩美林每念及此，无限痛楚。

事实上，韩美林和司令之间，虽然有年龄的差别，交情却成莫逆。他们之间甚至不需要多少话语，永远知心、交心！

司令对于韩美林，关心是由衷的。对他的栽培，也是发自内心的。全在于司令宽宏的气度、善良的为人、呵护下一代的仁爱之心。他对韩美林的关爱，完全是出于秉性上的正直。

而韩美林总想，自己何德何能，竟蒙司令如此厚爱！

临行前，万司令是这样勉励他的：

——美林，你是穷人家的孩子，做事要从做人开始。

——做事要实事求是、直立天地，断了脑袋也要说实话。

——你现在年龄还小，要掌握做人做事的本领。

——美林，你赶上好时候了！

万司令，韩美林多想让他知道：俺愿做他手下永远的兵！

就这样，韩美林给各地抽调上来的几位艺术家们当了通讯员。刘素、王昭善、薛俊莲等艺术家成为了他最好的启蒙老师。

要说韩美林能从这几位艺术家那里学到手艺也绝非偶然。他从小就喜欢写写画画。由于志趣相投，他有事没事总往人家的办公室里跑。时间长了他们就成了朋友，以至于后来韩美林忘了自己是通讯员了。

一天晚上，王昭善在屋里点着灯画草图。韩美林拎着一壶刚烧开的水准备给王老师洗漱。见王老师拿着画笔直勾勾地看着窗户发呆。一会儿这儿涂一笔，一会儿那儿涂两笔，烟灰掉了一身。韩美林不敢打扰，蹑手蹑脚地进了屋。

十几岁的孩子正是好奇的时候，他悄悄走到老师身后，伸长了脖子看他画些什么？

王老师越画越起劲儿，韩美林的脖子也越深越长。

王昭善突然一扭头，拿铅笔轻轻敲了一下韩美林的额头："在我身后干啥呢？光都挡住了。"

韩美林也放松了下来，开始跟他套近乎："王老师，俺想看您画什么……"

王老师听了，忽然神采奕奕："你也喜欢画画？"

"俺可喜欢画画了，小时候就喜欢。你这画的是什么……"

"这你还看不出来？这是纪念塔上的雕塑。瞧瞧，你这一打岔，把俺的灵感都弄没了。"

"王老师，要不你教教俺，俺给你当助手。小时候俺奶奶剪花，俺就帮忙。"

"好好烧你的水去。剪花哪能跟画画比？你先弄懂了啥叫素描，啥叫透视？俺就教你！"

韩美林摇摇头。

"回去吧，别打扰我画图。"

韩美林耷拉着脑袋离开，一步三回头。

王老师越是把这画画说得邪乎，韩美林就越是想学。

刚才看到王老师笔下的人个个都栩栩如生的，他羡慕极了。心想，自己要能画成那样该有多好呀！

出门没走多远，看到另一位艺术家薛俊莲正洗完衣服。韩美林赶忙放下手里的水壶帮忙。

“美林，怎么了？垂头丧气的。”

“薛大姐，啥叫素描？啥叫透视？”

“美林，问这干啥？看见王老师画画了？”

“嗯，薛大姐，俺也想学画画！”

“想学就学吧，这有什么难？”

“王老师不肯教俺，俺以前没有画画基础，怕是你们都不愿教俺。”

“美林，俺告诉你，这王老师是个严厉的人，你空口白牙去拜师，他不会当真。”

“那怎么办？”

“俺教你。你得让王老师看出来你真有了基础，他才会教你。”

“薛大姐，俺真想学，您教俺吧，俺一定好好学。”

听了这些话，她面露神秘微笑：“行，美林，别急，明天你就拿着铅笔在院子里画画，看见什么画什么。画完俺帮你看看。”

听了薛大姐这番话，韩美林他精神抖擞，豪情万丈。

第二天，他就拿着薛大姐给他的纸和笔练起来了：

练素描，一画两个小时；

练写生，逮着什么画什么；

练着色，赤橙黄绿青蓝紫，也不讲究搭配……

薛大姐看到韩美林的作品，啧啧称奇！

她知道，这小家伙外表单薄，其实内心世界极为丰富。她经常私下跟王老师说，你等着瞧，将来这小家伙一定会成为画坛大家！

果不其然，韩美林在几位老师的指导下，绘画水平突飞猛进。此外，通讯员的工作也干得极为出色。

一般来讲，“文武双全”的小伙子容易讨人喜欢。韩美林身兼二职，正在朝这个方向发展，等待一飞冲天。

这种日子韩美林一过就是好几个月，半句怨言都没有。因为那时候，他是有梦想的，即使当时受太多的累，也有一种期盼：将来，俺可以靠本事养活俺奶奶。这段经历对韩美林终身从事艺术起了奠基性的作用。

退伍之后，韩美林与万司令失去了联系。几十年来，他也曾多方请人帮忙打听，却始终渺无音讯。

没想到，2015 年 6 月初，韩美林却与万家的后人取得了联系。原因是山东卫视为纪念反法西斯战争胜利 70 周年计划拍摄万春浦纪录片，得知了韩美林与万春浦司令的过往，“失联”才成为“相联”。

“相联”之后就是“串联”！

6 月 13 日，万春浦司令的曾外孙及曾外孙女全家受邀来到了北京韩美林艺术馆。

应万家后人之邀，韩美林绘制了一幅万春浦司令的肖像油画，并挥毫题写“松高气自寒”。

抚摸这画像中万司令的脸颊，韩美林心道：“万司令，咱们又见

工地上的韩美林（左五）

面了。认识您，是俺韩美林这辈子的荣幸！”

站在万司令的肖像前，韩美林悲喜交集，抹着眼泪哽咽，仿佛又回到了 66 年前的时光。

——美林，怎么了？

——没事没事，俺就是想起了与万司令第一次见面的情景……

——是报到的那天吧……

——对。俺那个时候个子不高，身上的衣服有二十多个补丁……你知道吗？

——我能想到。后来一定发给了你军服……

——是，发给俺一件槐树豆子染的褂子，不管大小，也算军服。

——那是呀，一穿上身，你就是解放军……

——司令问俺为什么参军？

——你怎么回答？

——混口饭吃！

——司令说不对，是要我们去建立一个新的天地！一个人人平等的国度。

——司令说得对。

——部队可好了，当兵的人有尊严，中国人再也不为身为中国人而羞耻，再也不为活在自己的土地上而心惊！

——万司令对你太好了。

——万司令对俺可好了，行军的时候，他抓着皮带把俺拎到他的马背上，马跑起来，可神气啦！

——整个一个“父与子”吗！

“万司令是俺的启蒙老师，是俺受教一生的恩人。”良久，韩美林才缓缓说道。

第二十章　装饰风格

武马在发行部工作的时间不算长，但岗位干了不少，像什么图稿编辑、票品审核、印制管理都干过。

这说明他深得领导的赏识。

取得这样的成就，跟他的家庭出身大有关系。

武马出生在江苏一个小城市的城乡结合处，对基层劳动人民的生活有着深刻的体验。

他知道自己这份工作来之不易，对这份工作极为珍惜。

武马记忆所及，父母总是这样叮嘱他：

——别和同学打架呀！

——在学校听老师的话！

——此事不简单，你要多思考……

——人多的地方千万别去……

在这种家庭里长大，武马形成了谨小慎微的性格。

在他眼里，没有任何事是小事。没有十足把握，绝不出手，就算有十足把握，也要三思而后行。

这对他的工作大有裨益。

图稿编辑的日常工作很琐碎，无非是做选题、编辑、约稿，联系设计者，确定图稿……但是不管多么琐碎，武马都当成头等大事对待。

此外，图稿编辑的确没有小事。这里事多、事杂。这里的一件小事不注意就可能酿成大祸。

因此，武马对待自己的工作一直如履薄冰。

在这种环境中，武马分管的业务没出太多的问题，也跟他谨小慎微有关。

但是近几年，武马越来越觉得力不从心。以自己的日常工作为例，需要注意事项有：

紧跟主旋律，邮票的选题要弘扬正能量。

要传承传统文化，深挖邮票背后的文化内涵。

邮票的版式、志号、文字不能出半点差错。

邮票图稿的进度要抓紧，绝对不能耽误了生产和发行……

这不，陈龙临出差前嘱咐武马和尹虎、未洋再去一趟韩先生家，看看先生的灵感来了没有？

时间不久，三个人又来到了韩美林艺术馆。

很快，话题就转到生肖鸡票的设计上来了。

“武马，邮政想要通过这套鸡票传达什么内容？”韩先生轻轻反问。

“美好的祝福和祝愿，画面要喜庆、吉祥！”

“对呀，好像你们第一次来的时候，提及过。”

武马的目光中突然闪过一丝热切：“就是，毕竟这生肖邮票是在春节前发行。”

“对呀，这不灵感来了吗！”韩先生一声惊呼，就要跳起来。

“韩先生，我们想到一起去了。”

韩美林高声说道：“武马，不瞒你们，这些天俺一边等灵感，一边也画了几幅，既然我们的构思一致，那俺就拿出来让你们看看……”

说着，他从画案上拿出一摞图稿递给尹虎：“尹虎、武马，这是俺最近几天画的鸡年邮票的图稿，你们看看，满意吗？”

“韩先生，太好了，我们欣赏欣赏！”

韩先生的目光盯着眼前的尹虎。

尹虎全神贯注地看着图稿，回答道：“韩先生，您的画我们怎么能不满意？”

韩先生的表情极为认真：“尹虎，你也不能老说恭维的话，提一提意见！”

韩先生笑着招呼三位邮政的同志落座。

“各位，这几幅图稿是我花了几天的心血画出来的，都是俺比较

硕果累累

满意的，你们是不是从其中挑选一幅？”

“我没有意见，从图稿编辑的角度来说，韩先生把生肖要表达的寓意已经表达出来了！”未洋首先发表了意见。

韩先生：“其他两位是什么意见？不妨也说一说！”

武马和尹虎听到未洋的意见微微一愣，互相看了一眼以后，沉思不语。

这是他们最不愿干的事情——给艺术家提意见。

要是给陈龙提点什么意见可以张嘴就来。

给韩先生的作品提意见就不同了。

人家韩先生那是多大的腕儿呀！

但是生肖邮票发行的责任扛在肩上，特别是确定的设计原则还要遵守。

因此如何发表意见？两人的心里都很矛盾。

“尹虎，你的意见呢？”武马先开口。

“我想……从设计风格上来看，有点偏向……可是我不知道这算不算问题啊……”

韩先生：“有什么就直接说，别支支吾吾的。”

尹虎：“韩先生，我就直说了。我觉得图稿的设计风格能不能调整一下，目前的几幅图稿装饰性太强。”

武马：“是的，韩先生，我也有同感，最好和生肖第四轮第一枚生肖猴票的设计风格基本一致。”

韩先生：“俺看不一定追求一致，各有各的风格多好！”说着他用力地挥了一下手。

武马：“按照我们第四轮生肖邮票的总体策划，这一轮应该是水墨画法略加装饰。集邮者很看重设计风格！”

韩先生："武马，直说，什么意见？"

武马："韩先生，您能不能按着水墨画法与装饰相结合的方向调整一下图稿？"

这话一出口，屋子里的几个人一下子都把目光投向韩先生。

韩先生："这可不是调整的问题。"

说着他又扫了几个人一眼："这需要俺重新画，可是个大工程，俺这些天的心血可就白费了！"

尹虎一直保持着似笑非笑的表情，假如有人往他背后看看，就会发现他的衣服都被汗水沾湿了。

他沉默了一下，说道："韩先生，是这样，鸡票是第四轮生肖邮票的第二套，我们当初确定的设计风格是水墨画法，可您画的鸡票的风格过于装饰，两者是有区别的。"

韩先生："有点区别怕什么？"

尹虎："这第四轮生肖邮票的风格从第一套就已经确定了。"

"那你们就不想……"韩先生的神色却是淡淡的，至于邮票设计用什么风格，设计者最有发言权了。他接着说："尹虎，这个设计风格不能一成不变吧？现在讲究的是百花齐放！"

武马看到韩先生一再坚持自己的画法，也就不说什么了。

韩先生："我这次特别用了装饰的画法，就是为了表达喜庆、吉祥的寓意。"

听了韩先生的这番话，尹虎也没词了。

再看韩先生，神色却渐渐凝重了起来："我觉得装饰的画法更能增加节日的氛围！"

韩先生说话的声音虽然很轻，不过样子却很是激昂，面容紧紧绷着，还微微舞动着手臂，还真有点"指点江山"的模样儿。

尹虎看着韩先生，重重点头：“韩先生说的是，咱们的生肖邮票一定要有过年的气氛。”

除此之外，全然想不起该说什么。

武马明白怎么回事了，韩先生不愿意修改自己的设计风格。

这反而使他冷静下来。抛却了这些日子同韩先生建立个人感情，硬要坚持自己的观点显然不是他做人的风格。

他在邮票发行部工作的几年养成一个习惯：如果人家坚持自己的观点，千万不要表示反对，最好是迂回商量。否则会很伤人的，甚至出力不讨好。

那天武马几个人走后，晚上韩先生和夫人又就这个问题展开了辩论。

韩夫人口若悬河，摆事实讲道理。

韩美林稳如泰山，以不变应万变：“设计这个东西没有最好，只有更好，我相信装饰的画法适合邮票。”

韩夫人拿出杀手锏：“你为邮政设计的邮票要接受全国集邮者的检验，人家邮政这方面有经验。为什么不能听一听人家的意见？”

韩美林没法淡定下去了。他端起茶杯想稳定情绪，但是手不住地颤抖，洒了一身。

良久，他才放下茶杯，用几乎听不到的声音说：“你的意思是我非得按邮政的意见去改我的设计风格？”

“美林！你想想，人家邮政发行的第一套生肖猴票就是水墨加装饰的画法，到了第二套鸡票就完全变风格了，这好吗？”

“我的装饰风格的画法不是挺好的吗！我还是不想改。”

接着，韩夫人摆事实讲道理，运用比喻、类比、排比、反问等修辞手法，采取描写、议论、抒情等表达方式，就“水墨画法”和“装饰”

两种画法的结合进行不太亲切、也不太友好的探讨交流。

韩先生低着头听夫人说了半天，一言不发。他实际上也不想说什么，该说的早就说过了。

“没想到你这么固执……你就听了我一回……唉，美林，你倒是说话啊？”

韩美林还是一言不发。

韩夫人拿出杀手锏，冷处理。

韩先生很久没有让夫人动肝火了。

想一想，不值得，咱该有点绅士风度。为心爱的人做点牺牲吧。

好在韩先生“悬崖勒马”还不晚！

通则不痛。

想通了，就发现其实水墨画法与装饰画法相结合不是不可以画！

第二十一章　中国雄鸡

2016年的春天来得特别早，树上早早地就窜出了树芽，树梢上泛着毛茸茸的绿色。玉兰花开了，樱花又跟着争芳，北方的人们终于享受到了地道的春暖花开。

三月末的一天，尹虎的办公室内。

尹虎紧锁着眉毛，眼睛眯起一条缝，正在一页一页翻着韩美林以前的画作。他看起来漫无目的，又心事沉重。

在与韩美林的多次沟通之后，后者还是坚持“我只画一只鸡”，无论尹虎想什么样招儿说服他，韩美林都坚持自己的想法——就是不画。

于是尹虎让未洋找了好多韩美林以前画过的鸡，硬着头皮看能不能拼出一个效果图，让韩先生按这个思路再画一幅。

这修改的效果图一个接着一个，韩先生一个都不接受，尹虎有点黔驴技穷了。他在电话中向韩夫人请教有什么好办法，但韩夫人也表示很为难。一头儿是倔老头儿韩美林的艺术坚持，另一头儿是已经推迟了整三个月的交稿时间。

这尹虎站起来坐下，坐下又觉得椅子上扎得慌，再站起来。看着韩美林出版的画作，却找不到半点灵感。

未洋劝他："尹虎，不能这样等下去了，得见见韩先生，怎么也得跟他当面说说。"

"周老师看起来是个好说话的人，人热情爽快，应该找她帮忙做工作！"

尹虎开始自言自语起来，现在他才深刻体会到什么叫"如坐针毡"。

对，先给周老师打个电话。

看过前文的人都知道，尹虎与周老师很熟。当初，尹虎邀请韩先生设计鸡票，就是找的周老师做"中介"。后来尹虎找周老师联系的事情就更多了。什么画公鸡、画母鸡、画小鸡，要有吉祥、祝福的概念等等，尹虎只要逮住机会，就把周老师变成倾诉的对象，几乎每周都要唠叨好几遍。

因此，对于尹虎的诉求，周老师耳熟能详。她最熟悉的就是尹虎的这句话："您知道我有难处，第四轮生肖邮票的设计定的这个基调，邮政发行需要遵循这个规律。"

尹虎每次向周老师提出要求后，都以这些话结尾。

他要是知道这些话会引起什么后果就好了。

周老师经常向韩先生推荐："这个尹虎，隔几天就一个电话，电话里说的都是生肖鸡票的设计，这个人真的很敬业！"

……

周老师接起电话，还没开口，尹虎便迫不及待脱口而出："周老师，我是尹虎，您好，您好！有件事，我想来想去，还是得求您了。"

"尹虎，是不是想让韩先生画一幅水墨与装饰结合的图稿？"没等尹虎说，周老师便猜中了。

尹虎这边不知是因为被猜中了尴尬，还是觉得周老师这样说代表有戏，“哈哈”笑起来，两只眼睛更眯了：“周老师，太厉害了，一猜就对。”

韩夫人：“放心吧，经过我的工作，美林答应了，这几天就画。”

尹虎一听喜上眉梢：“太好了，谢谢您！还有第二图，想请韩先生画一幅母鸡带小鸡的图稿。可是，先生一直坚持就画一只鸡，而且是公鸡。不愿意画母鸡和小鸡。我不是上纲上线呀，您说，这不是歧视异性和下一代吗？”

尹虎唠叨的时候，周老师也不是干听着，大多数的时候还给他出主意：“尹虎，你别急，听我说，我父亲就是老邮政人，我能不了解你们工作的规律和难度吗？”

“是呀，是呀，邮政人就是执着，这也是令尊等老一代邮政人留下的传统。”

尹虎知道周老师家庭背景有点荣耀：她的父亲是地方邮政的老领导。他多聪明，这张牌怎能不及时打出来。

周老师一听，忙道：“尹虎，你放心，我再劝劝美林，我觉得，也许有商量的余地，容我慢慢跟他说。”周老师确实爽快，快人快语。

这下尹虎心里算是有了点希望：“要不，我们再去拜访韩先生，这么久没见了，当面再谈谈。”

周老师知道主要是画母鸡和小鸡的事，就说：“行，就明天下午吧，你们跟先生正面周旋，我呢，在旁边帮你们敲边鼓。没准先生见着你们心一软就同意画了。”

见面的事情终于落实了。

明天？是个周五。

尹虎放下手机，又拿起座机：“陈龙，明天下午你有时间吗，咱们去趟韩先生家，看看老爷子，第一图应该没问题了，先生答应马上画。关键是第二图的鸡如何设计，可以当面交换一下意见。你看还有什么要沟通的？”

尹虎跟陈龙直截了当把想法一说，等着陈龙那头儿的回音。

“明天下午？”

陈龙沉默了几秒钟：“明天上午我要去西安出差，不过没事，你们三个去，有什么进展咱们及时沟通。”

当然双方对陈龙去不了韩家的态度截然不同：

——在尹虎看来，有点担心，这拍板的不坐阵，我们三个怎能说服韩先生？

——但陈龙看来，他去不了没关系，有什么需要做决定的，大家商量着来，咱们这个团队好多事不也都是商量的吗！

但无论如何尹虎有了“授权”，心里算是踏实了。

没想到陈龙又加一句：“你们这次去，就一个任务，动员老爷子画母鸡、画小鸡，这任务简单吧？”

尹虎在电话那头忽的坐直了，思忖着：哎呀这个陈龙，这任务还简单？够艰巨的了！

而陈龙自顾自说完就把电话放下了。

尹虎、武马、未洋三人按照约定时间到了韩美林艺术馆。

尹虎等人停好了车，由工作人员引到了韩美林的画室里。

小郭将手指放在嘴唇上，示意先莫开口。

三人轻手蹑脚走进屋里，屋里安静极了。

只有“刷刷刷”的声音。

除了韩美林，边上还有几个人认真地看着他画画，只是大家都不想过多的走动。

尹虎走近一看竟发现一个熟悉的面孔。

这人也看到了尹虎，两人互相招招手，示意打招呼。

这位先生与尹虎差不多高矮胖瘦，面色白净，气宇清秀，留着利索的短发，这点倒与尹虎不同。

尹虎走到这位先生面前轻声道：“陈楠老师，您在这儿？”

未洋也尊重地笑着一欠身，向陈楠打招呼。

据了解，陈楠是尹虎的同学，清华美院毕业后留校任教，既是一位年轻的教授，也是很有名气的设计师，这些年为中国邮政设计过很

创作

多套邮票。连后辈未洋都对他很熟悉。

再说韩先生正在作画，大家当时的表情是这样的：

尽量不出声，用唇语和眼色交换着信号。

用文学作品中常用的一句话来说，屋里面掉根针都能听见。

大家都屏住呼吸。

只有尹虎和陈楠时不时耳语交流着什么。

韩美林一停笔，他们又赶快停下，生怕讨论声打扰了创作思路。

未洋拿着手机观察着韩美林：

——他作画时像一个威风凛凛的“将军”，所有的毛笔、毛刷都像是士兵一般任他调遣；

——他又像一位舞者，画到尽情处双臂交替挥舞，时而低头沉思，时而挥臂疾驰，快慢交错，远近相谐。

未洋注意着脚下的声音，跟着手机镜头，她看到韩美林后面靠墙整齐竖着二三十幅画。

上面画的都是——鸡。

但风格主要是装饰画法。

屋里面寂静了二十分钟，大家都屏气凝神地看着韩先生作画。

只见韩美林忽然停笔，抬起手臂：“怎么样，同志们？”

他仿佛吐出一口憋了很久的气，声音如洪钟，像是对自己说，又像是对着身边的人说。

说完，示意助手拿来吹风机，对着还未干的画作认真地吹了几下。

“没办法，同志们，现在的纸都太好了，以前的纸差，画完了洇的厉害，这些墨与纸纹的交错就形成了俺画的动物的毛，可爱极了。现在拿吹风机吹一吹强化一下。”

“这吹法也有讲究吧？”

群鸡图

"洇到什么程度自己得掌控。"

"这也是一门学问。"

"对，还有方向，得想各种办法让它达到效果。"

刚被"释放"的陈楠老师，舒一口气，与韩先生一来一往地交谈着。

刚才还跟大家有说有笑的韩先生，忽然脸色一沉，拿起笔，任凭谁再说话都不回应了。

大家交换眼色，知道他又“沉浸”到创作中去了。

大家收了声音，等待下一次喘气的机会。

来来回回有几个回合，韩先生一会儿用排刷，一会儿用小毛笔利落地嗖嗖划两下，一会儿又拿起吹风机来吹。

“好了！”韩美林扔下笔，看着刚画好的鸡，纸上的墨色还未干。

韩美林不罢休，又拿出笔在翅膀上加了几个黑点。

“加上好些，压得住，提神的。”他自己嘀咕着。

韩美林的法宝

“好了！”韩美林喊道。

大家松口气，刚松到一半，韩先生又提起笔来，大家的这半口气都憋在半路上。

直到美林第三次喊出“好了”，大家才舒了一口气。

这次韩美林该是满意了。

要说韩先生的嗓门，那可不是闹着玩的，他这一嗓子后，好多人都上来围观。

这些人可不是来“打酱油”的，不是亲朋就是好友。

因此不管审美观还是世界观都跟他高度保持一致，紧紧团结在他的周围，纷纷给出专业答案：

“有气势，意气风发。”小郭说。

“有内涵，春风得意。”陈楠说。

“有想象，中国雄鸡。”武马说。

“漂亮啊，题上款就非常棒了。”尹虎说。

……

唯独未洋没有表态，在场数她年轻。不表态也是可以理解的。

韩美林抬起头看了看屋子的人，“嗬，今天人多，太热闹了。你好，你好。”说着，他笑眯眯地伸出手来跟尹虎和武马握手。

看见跟在后面的未洋，眯眼一笑：“你也好”。

未洋笑眯眯地也回应了韩先生。

大家一阵寒暄，只一分钟，屋子里面就热闹起来。

很难想象刚才还处在极低气压下的寂静。

“您今天画了十几张？”尹虎关心有没有合适的鸡能被挑出来放在邮票上。

“数数得有十几张了吧。”韩美林一眼望去，除了地上列队站着

反复研究

的几十张画，还有桌上放的十几张鸡。

尹虎见韩美林心情不错，赶紧完成陈龙交代的任务：“韩先生，您觉得哪张最满意？”

“哪张都行，俺喜欢色彩艳丽奔放的，但是咱们邮票还是得正经一些，像这张，还有这张，你们用不了。”

韩美林带着大家来到画桌跟前，一张一张分析哪幅画更适合于邮票。

陈楠也知道尹虎的想法，帮忙敲着边鼓。

过了一轮又一轮，这一排二排的画就像是参加选美的选手，等待

—上午的成果

着最终花落谁家。

韩美林来回踱步，指着一张色调稳重又有色彩变化的画说："俺觉得它可能比较适合上邮票。"

尹虎也笑了笑，这张也是他心目所选，一拍即合。

完成了第一个挑鸡的任务，尹虎趁热打铁，又道："韩先生，第一枚 OK 了，第二枚您有想法吗？"

刚刚还笑眯眯的韩先生，突然脸一沉，嘟着嘴道："你又想什么鬼主意，又让俺画两只鸡？俺不画，就不画，要画你替我画。"

"哈哈哈，韩先生，那我可画不了。"被韩先生将了一军，尹虎倒不好意思起来。

陈楠见状马上支援："韩先生，我刚才看您的草图，能否从草图中找出不同的鸡设计出两只鸡的概念？"

韩先生转过头来有了兴趣："怎么实现？"

"您看啊，您画的草图里有两只鸡互相咬合的场景，那就两只鸡头呗。"

"不行，不行，不可以这样。"

这么好的建议，让韩先生直截了当地回绝了。

尹虎见状，不好硬劝，看了武马一眼。

武马的问题却不在点子上："韩先生，您画了这么多草图呀？这厚厚一本都是吗？"

"可不吗，接了你们的选题可把俺累坏了，这么大年纪了还跟考试一样，命题作文。而且俺还必须得认真对待，不能糊弄，累坏俺老头儿了。天天跟疯了一样在本子上画鸡。"

"来来来，喝个茶吧，明前龙井。今年南方太冷，茶树都快冻死了。小郭，来数数，上午画了多少张了？"

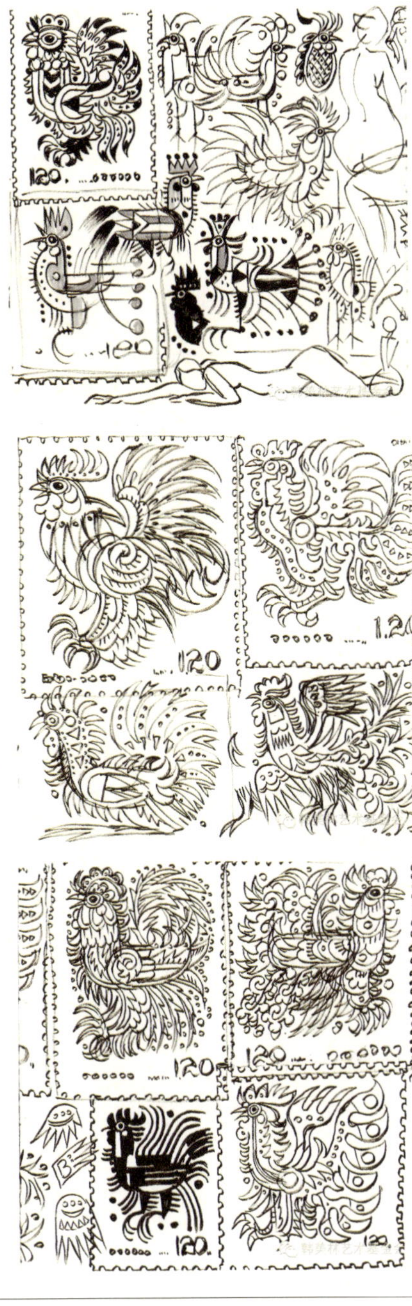

认真的草图

小郭回答道："画了 16 张，韩先生。"

"今天 20 张没问题，俺今年要画 100 只鸡，'百吉图'到时候办个展览，今年也 80 岁了。"韩美林望着今天早上的成果若有所思。

"您酝酿画这些鸡用了多长时间？"尹虎问道。

韩先生忍不住开始跟人家透露画鸡的心得："确实好几个月了，你们去年 11 月 31 号来的，今天都 3 月 31 号了。其实画起来快，就是画之前，哎哟，自我折磨。等折磨出神经病，哎，没准就画的特别满意。"

韩美林自我调侃了一番，全体哗然。

"俺明天去意大利，所以出差之前大家过来，先看看俺画的怎么样，行不行？还需要俺怎么画。俺是很认真的，同志们。"

陈楠拿起小郭带上来的一本草图，随意翻看着："韩先生，你看这张，不就是好几只鸡吗，多好看。"

韩美林看了一眼草图，接下来又开始讲自己是怎么画的这些鸡的：自从接了邮票设计的任务后，让小郭给我打印出了一张张白纸，上面做上邮票齿孔，就在里面画草图。

"韩先生，您真是下功夫！"武马开始煽情，试图以情动人。

他一副自信爆棚的神情："正所谓运用之妙，存乎一心。画多了想都不用想，伸手就来！俺画了有 1600 张草图。哦，对了！替俺保密啊，俺得办个画展，这些画目前还都不能公开。"

"您放心，我们邮票也保密到开机印刷那天才能露出真容。"

韩美林点点头，算是放心了。

他又转过头去看刚画完的这幅画，十分得意地说："一提黑线确实精神了。"

"就几笔，就不一样了。"尹虎接道。

"韩先生，您画的鸡这么多，一个一个都不重样，您怎么做到的？"

憋了半天，未洋忍不住好奇，小心翼翼地问了一句。

未洋的好奇别人也有，一个人脑子里怎么装了那么多只鸡的形象?

不过，韩美林的确有奇遇。

具体说来是这样的：

——“俺从年轻的时候就喜欢民间艺术，小时候看见好看的泥塑、面塑、年画就照着画。”

——“你想想，俺今年八十了，得画过多少形象。”

——“这些形象就刻在脑子里了，用的时候就调出来。”

——“老百姓的智慧无穷，艺术感觉原始又优美。他们没有受过正规的美术训练，但是信手拈来。”

——“你见过山东胶东的那些婆婆嫂子吗? 手巧极了，捏什么像什么。”

——“民间艺术是传统文化的一部分，俺自小受这些的熏陶，早就融入我的骨血，画一辈子也重不了样。”

“那您算是吃百家饭长大的。”

“说的对，是百家艺术。”

未洋点点头，这些大家，都是来自于民众之间：

——黄永玉是因为佛像雕塑爱上艺术；

——韩美林受民间美术影响，创作出独具一格的艺术形象。

最肥沃的永远是大众这块土壤。

大家天南海北聊了好久，韩先生就是不谈这第二图如何画。

尹虎三人铩羽而归。

没过几天，这幅水墨画法与装饰画法结合的图稿摆在了陈龙的案前。

他刚从西安出差回来。

未洋十分激动："这只鸡太棒了，雄赳赳、气昂昂的，向前奔跑的姿势多神气！有了这个，明年的生肖鸡票一定大火！"

"一定大火吗？"第一次看到图稿的陈龙也不住地点头。

唯独尹虎看着韩先生新画的图稿发愣。

尹虎知道，这只是万里长征走过的第一步。

他知道，这最难画的是第二图。

第二图的要求更高——要表现群体，还要有寓意。

第二十二章 两只公鸡真可爱

一个月很快就过去了。

这段时间里，尹虎一直没有忘记这万里长征的第二步。

这韩先生在意大利会不会对设计鸡票的第二图产生什么灵感。

一想到这些，他就有些着急。

因为显而易见，现在离 8 月初准备的鸡票开机仪式越来越近了，而图稿确定后还要上集团办公会讨论通过，布线、雕刻等工作更是八字没有一撇，他陷入了空前的寂寞当中。

更糟的是来自陈龙的催问，不高兴的表情显而易见。

因此那天他一听说韩先生已经从意大利回来了，异常兴奋，约好末洋冲向韩家。

“尹虎，这第一枚邮票我去意大利前已经画好了，你们看了也满意，可这第二枚就有点难了，非要表现一家子吗？”韩先生开门见山。

韩先生穿着中式外套，手里拿着一支大大的毛笔，从自己的书房里面走来，脸部的表情皱成了一个愁字。

“韩先生，第二枚邮票的构思确实不好想。不瞒您说，黄先生画猴票第二图时，也是构思了半天，最后构思为老猴抱两个小猴的画面，被称为神来之笔。”

看到韩先生仍然愁眉不展，尹虎的眉毛微微一挑：“韩先生，这第二枚按我们的设想一定要有寓意！”

韩先生的眉毛一松，换了个沉思的表情，低声自语道：“鸡的寓意很多，我再琢磨一下，过两天交稿。”

没到两天，韩先生真的交稿了。

然而事情的发展显然跟尹虎预料的不同。

还是一只大公鸡。

这只公鸡摆放在尹虎的案前，自始至终一句话都没说的他看得目瞪口呆。

良久，缓过神来的尹虎清清喉咙，问未洋：“这是韩先生画的第二图？”

“这个……是呀。”

“是不是韩先生的助手给拿错了？”

“这个……没有。”

“说好的母鸡还有小鸡呢？”

“这个……没有，就是公鸡。”

尹虎沉默了。

他简直有些遗憾：已经有一只公鸡了，现在又有了另外一只公鸡！

未洋忍不住问道：“尹虎，就发行两枚大公鸡吗？”

尹虎看到两只公鸡的图稿，立马想到小时候学唱的儿歌“两只老虎，跑得快……”

可是转念一想，也不对，明年是鸡年，又不是虎年！

自从韩先生画了两只大公鸡之后，尹虎这家伙就更坐不住了。依他的判断，至少也得是一只公鸡，一只母鸡呀。现在两只都是公鸡，他觉得无法交差。

另一方面，即使是画了一只公鸡、一只母鸡，也不能算完成任务，无法体现这家庭的概念。

尹虎彻底崩溃了，他甚至产生了错觉，似乎听到了公鸡打鸣的声音。

尹虎和未洋坐在办公室内，一筹莫展。

“几点了？”尹虎问。

“三点了。”未洋说。

“怎么还没来电话？”

“谁？”

“还能有谁？陈龙。他怎么还不来电话？”尹虎说。

尹虎急了。

但是急也没有用。

“他不来电话，咱们去找他吧。”

没有办法，只能找陈龙“倾诉”。

陈龙能有什么办法！只好组团再找韩美林。

没想到，要求一提出来，韩先生十分爽快，拍胸脯保证：“没问题，马上画一只母鸡。过两天来取。”

这么快，四人一听激动得快哭了。

不过，还是尹虎冷静，激动之余，又得寸进尺地提出要求：“韩先生，能不能在母鸡旁加上小鸡？”

韩先生听说尹虎一定要画小鸡，心里老大不情愿。

“在这里画……呃，画一只小鸡，会是什么感觉？”韩先生的情绪好像也有些激动，胸口起伏不定。

尹虎在旁边努力了半天才把一句“一只太少了”说出来——他心里确实觉得画一只少了点。

“画几只合适？一只俺都不想画。”韩先生提高了嗓门问。

陈龙插话说：“我是这样想的，画八只最好，取谐音‘八吉图’，实在不行，也得画五只。”

“五只？俺想起来了，就是你们说的‘五子登科’是吗？”

不料韩先生不这么想，嗓门又升了一级：“陈龙，这‘五子登科’俺不是没想过。你们懂不懂，邮票就这么大的面积，画五只小鸡，那成什么了……”

一顿说辞把陈龙说傻了，安静地坐在桌旁。

韩先生的意见是，画邮票就跟画画一样，不突出重点就吸引不了集邮者：

——“黄先生画的 80 年猴就一个，多有神呀！”

——“生肖邮票发行那么多年了，哪一枚生肖邮票画过那么多动物？”

——“最扯的就是画众多小鸡。鸡多顶什么用？俺又不是办养鸡场！”

“陈龙，你说俺说的有没有道理？”韩先生的语气舒缓了一些，“俺已经做出重大让步了，同意画一只母鸡。”

喝了几杯茶之后，屋里的气氛开始融洽起来。

需要说明的是，在双方“谈判”过程中，韩先生一直耐着性子。

原因也很简单：给陈龙几个人留着面子，这是夫人的嘱托。

要是换个场合，别说陈龙这帮家伙，再大点的官也是一样。

僵持了半晌，武马凑上来悄声问陈龙：“接下来怎么办？”

陈龙摸摸脑袋：“能有什么办法？尹虎你先‘动之以情’，过一会儿我再‘晓之以理’。”

尹虎频频点头。

陈龙看出了端倪。

韩先生说的这些，尹虎显然在想理由“对付”。

想了片刻，尹虎说道：“韩先生，我一直认为，没有小鸡，画面上缺了些灵动。”

他还给韩先生解释，这小鸡一定要有的：

——只画公鸡，单调，公鸡只司报晓。

——只画母鸡，单调，母鸡只司下蛋。

——一只公鸡、一只母鸡？不全面。缺少小鸡，就失去了家庭的概念！

——想来想去，恐怕只有画“一家子”才能吸引眼球。

陈龙在一旁默然不语。他觉得尹虎明显是豁出去了。

“哈哈哈！”韩先生听罢，居然没有反驳尹虎，反而大笑起来。

“好！好！有道理，有道理。”

“然后呢？”

“然后……再说，再说……”

韩先生看到天色不晚了，对大家说：“太晚了，请你们几位在俺家里吃‘韩家菜’。我们可以边吃边讨论。”

韩美林请他们在家里吃饭使陈龙觉得没面子，心想：“韩先生请我们吃饭多不好意思呀！人家为我们邮政设计邮票，应该请人家吃饭才对！”

韩先生让陈龙坐了主宾，武马几个人打横，自己跟夫人坐了对桌。

“韩先生，这段时间辛苦了，我敬您一杯。”

“陈龙，别客气，尝一尝我们的韩家菜，可好吃了！”

“确实不错。”

“俺家的菜要比黄永玉先生家的菜好吃吧？”

“我们在黄老先生家吃过涮羊肉，还在他家小区的川菜馆子吃过好几回。各有特点。”

那天，陈龙心里有事，话说的不多，酒却没少喝。

周老师也喝了不少，不过原因有所不同，她是为老邮政人的父亲招待晚辈的邮政人而高兴。

她惊讶地发现，自己竟然很愿意同这几位邮政人聊天。因为这些人介绍的邮政的情况她太熟悉了。

这也不奇怪：她从小受父亲的熏陶，对邮政上的事情很感兴趣。

在酒席上，陈龙小心翼翼地探韩先生的口风，却对得到的答案很担心：什么？俺最擅长画公鸡，再画一只母鸡已经不错了，为什么还要画那么多的小鸡？

于是陈龙决定再用原来的话题试探一下。

他说黄永玉先生画了两只小猴，又符合中央放开二胎的政策，效果非常之好。

韩美林随口说，黄先生画两只小猴是神来之笔。

但也不表态自己也要画只小鸡。

听后，陈龙心里有些慌乱。以前遇到类似情况，同设计者协商一下，一般都能说服对方。然而这次，好像门都没有。

“还得坚持”，陈龙在心里给自己鼓劲，“再试试，老爷子也许会回心转意！”

可是，无论陈龙如何出言相劝，韩先生都默不作声。

这其实是“俺不想画”的表示。

说到这里，想问问各位，假如这事让你们遇到，你们会怎么说？

相信在大艺术家面前，都不好找说辞。

就拿那天在场的几个人来举例子吧：

武马可能会脸上半红半白：这事我们都向集团领导汇报了，要是没有母鸡和小鸡，回去没法交代！

尹虎可能会说：从艺术的角度上来说……有了小鸡会……要是没有，那就……

未洋就复杂多了，她可能会从她小时候了解的“五子登科”的故事讲起，能把韩先生活活烦死。

但是不管是谁，他们都没有说话。

因为陈龙在场，他们不便插话。

尹虎显然看出陈龙已经沉不住气了，伏在耳旁提醒道：“陈龙，光靠我们的力量不行，还需要别人帮忙。”

“还能找谁帮忙？”

然而尹虎说，这人很好找，就是韩美林的夫人周老师。

最简单的办法是今天就谈到这，再找韩夫人私下做一做工作。

当晚，“韩家宴”结束，几位邮政人走后，韩夫人与韩先生进行了亲切友好的谈话。

韩夫人对韩美林不愿画母鸡和小鸡的态度提出严厉地批评：“美林，你对待陈龙他们是什么态度，一点都不留情面。”

“俺怎么没留情面，我的话足够婉转。”

“人家大小也是邮政的领导，不看僧面看佛面，至少也要看我父亲的面子！这话我经常给你说对吧？可你就是不听！”

“我们聊得都是设计上的不同观念，是正当的……”

“我理解你的心情，但是，你是艺术家，你自己的作品，你自己看着满意就行了。”

“要是我自己的作品，肯定都是装饰风格！”

“可是人家邮政的邮票发行，要让大多数集邮者满意！这就不一样了。邮政方面的意见，如果不是原则问题，能采纳的一定要采纳！”

韩美林一下子愣住了。

看韩美林还不服气，韩夫人又说：“更何况，人家说的并不无道理，你说说给人家画两只大公鸡合理吗？你这是典型的大男子主义！”

“不带上纲上线的，怎么能说大男子主义？”

“再说了，”韩夫人压低声音说，“你就那么喜欢公鸡呀？你那么喜欢鸡蛋，这不是母鸡下的吗？你画的公鸡会下蛋？门都没有！”

“还别说，俺画的公鸡就能下蛋。”

“最让人不能理解的是，你一向标榜自己是一个‘下蛋的鸡’，你就是这样对待母鸡的吗？”

“俺现在就是喜欢画公鸡，公鸡喜庆。”

“人家说了，说你歧视异性和下一代！”

韩美林顿时汗流浃背：“俺……俺不是……哎呀，这不是‘莫须有’的罪名吗！”

“怎么是‘莫须有’，我看挺形象的！”

听完夫人的分析，韩美林心里开始抱怨：

——陈龙你小子搞什么搞?

——我画两只公鸡招谁惹谁了?

——为什么非要画一只公鸡、一只母鸡，还要加上小鸡?

——我不怕别的，就怕集邮者不买账。

——如果这集邮者不买账怎么办?

有人认为韩先生不听劝，这是片面的。

恰恰相反，看你用什么方式、什么说辞来劝。

在韩先生心中，他的作品大到一尊雕塑、一幅字画，小到一枚邮票、一个瓷罐，在他眼里都是自己的孩子。

对这些孩子认不认可，一定是消费者说了算。

因此一提到集邮者买账的问题，就打动了他的心弦。

“多谢老婆大人提醒，险些误了大事……”

“美林，这件事我看这样，给人家画只母鸡，再画一两只小鸡。”

坦率地说，韩夫人的话有很强的感召力。

“俺考虑，俺考虑。”

“看在夫妻一场的面子，看在我父亲是老邮政人的面子，就算我再求你一次。”

她说服韩先生的看家本领不下十几套，这里选择用老父亲的名义，韩夫人驾轻就熟，百试不爽。

就这样，在韩夫人的斡旋下，情况发生了逆转。

韩先生同意画一只母鸡，然后画了一只小鸡，又单独画了另外一只小鸡。

注意呀，是两只小鸡。

至此，关于母鸡和小鸡的风波才停止。

一只母鸡和一只小鸡

第二十三章　布线竞争

韩先生画了一只母鸡和两只小鸡的信息反馈到陈龙那里后，陈龙的反应却是五味杂陈。

说称心吧，他还对“五子登科”耿耿于怀，对没有实现这个设想深感遗憾。

说不称心吧，毕竟“生”了小鸡。

这韩先生多大方，一下子就给画了两只。

不能总在小鸡这里打转了，时间已经不允许了。该是布置雕刻布线竞争的时候了。

未洋在单位微信群里写了鸡票雕刻布线竞争的启事，很快就得到了回应。邮票印制局在岗的所有的雕刻师都发了笑脸。

生肖鸡票雕刻布线工作是这样布置的：

由于第四轮生肖猴票采取了雕刻布线竞争，这一次鸡票还得照方抓药，采取相同的办法。

去年的猴票雕刻布线竞争，参加竞争的有印钞造币总公司的专业雕刻师，竞争结果毫无预警地一公布，结果邮票印制局的雕刻师全军覆没，一个都没中上。

——猴票第一图中选者是印钞造币总公司的雕刻师赵川；

——猴票第二图中选者是印钞造币总公司的雕刻师马荣。

弄得组织者陈龙的心好像被什么东西刺了一下！

说实话，陈龙心里不太痛快，一度还怀疑是不是搞错了。

不过，后来对于这个结果，陈龙的态度很坦然。

这件事有好的一面。比如说，这件事可以启发我们找出自己的差距，激发我们追赶人家的斗志，掀起比学赶帮超的热潮。

但是也有不好的地方，就是一时会感觉没有面子。

陈龙说，其实没什么不服气的。人家马荣老师是人民币的雕刻师，中央电视台《大工匠》栏目里都露过脸。

印制局的雕刻师都是年轻人，学习雕刻没几年，竞争不过情有可原。

没有对比，就没有伤害！

干邮票雕刻需要经验的积累，我们这些年轻的雕刻师机会是大把的，假以时日……

有关印钞造币总公司的雕刻情况，陈龙知道得更详细一点。

在他眼里，印钞造币总公司雕刻的活并不多，每版人民币雕刻完后，要使用好多年。不像我们的雕刻邮票每年七八套，需要雕刻的活还是很多的。

鸡票雕刻布线工艺竞争前，印钞造币总公司的邵总经理回信说：“印钞造币总公司这次就不参加了”，然后留下一句：“有事你说话。”

负责印钞造币雕刻室的孔主任说：“我们工作时间都很忙。”

陈龙听了以为人家真的不愿参加，于是只好组织邮票印制局的十来位雕刻师参加。

这十来位雕刻师有在职的，也有退休的。

其实在印刷行当里混过一段时间的人都知道这两句话是有含义的，可惜陈龙没听懂话外音。

“印钞造币总公司不参加”的意思就是“不以印钞造币总公司的名义参加，可以以雕刻师自己的名义参加”。

“工作时间很忙”的潜台词是“业余时间不忙，可以利用业余时间参加雕刻布线竞争”。

陈龙有意识地在布置会议上问：“听说去年雕刻布线竞争贵局全军覆没，对大家刺激很大是吗？”

——可不是，我们感到了耻辱！

——这不能真正体现出我们印制局雕刻的实力！

——大意失荆州！

——绝地反击！

——我们一直苦练内功，力争迎头赶上！

——这一次，我们就想和他们真刀真枪地比一比！

——是骡子是马，拉出来遛遛！

——可惜人家不参加了。

总之，这次邮票印制局的几位雕刻师信心爆棚。

“大家真的这么有信心吗？”陈龙被大家一席话说得热血沸腾。

“我不知道别人怎么看，鸡票的雕刻布线肯定要大大好于去年。我愿意打赌，我的这个预测是对的。”

于是，陈龙又给大家分析：

上次，我们很多雕刻师的布线之所以未被选中，很大程度上是因为我们用了装饰图案来布线，而不是依据动物毛发的自然肌理和走向来布线。

陈龙说完，有雕刻师举手："关于这套邮票的雕刻布线，我想说一说我的体会。"

陈龙摊开手掌，做了一个"请说"的手势。

"相对欧洲的传统布线方式，侧重的是光影和质感结构，而中国绘画讲究笔墨线条和神情韵味，所以在和中国画结合时，要讲结构，避免脱离原作。"

陈龙点头，再次做了一个"请说"的手势。

"我以前查阅过宫廷藏画中的宋代花鸟，宋代绘画的特点是技法全面成熟且精微细致，我想将古人画鹰和鸡的羽毛的笔法与韩先生的绘画结合起来，能够体现中国画的笔墨有结构线条，感觉到画面的语言是相符的。"

"这一次鸡年邮票雕刻布线的入选者的决定权在韩美林老师手上，因此，一定要把韩美林老师设计的鸡票图稿研究透。"

"我想在创作时除了画面本身的效果，还能够探究出雕刻工艺的文化内容。"

要理解雕刻工艺，还需要对其背景做一点补充说明：

过去的邮票雕刻大都是手工，可是手工雕刻要经过淬火等工艺，容易造成环境污染。为此，近些年，手工雕刻变得销声匿迹了。

为此，印钞造币总公司已经开始在印钞上使用电脑雕刻了，环保的问题解决了。可是电脑雕刻同手工雕刻相比过于呆板，最好的办法是，先是手工布线，然后再电脑雕刻。

再有就是，随着阎炳武、姜伟杰、呼振源、李庆发几位雕刻师退休后，邮票印制局的雕刻师队伍处于青黄不接的状态有好多年了，印制局雕刻邮票的水准渐渐地滑坡了。

后来印制局请了丹麦的雕刻师马丁·默克在局里办了一个雕刻培

训班，才很好地解决了雕刻师短缺这个问题。

要了解雕刻版邮票，必须先介绍一下我国雕刻版邮票的水准。

雕刻版邮票一直是我国集邮者非常喜欢的品种，我国的雕刻邮票始终保持着世界先进水平。上个世纪50年代的《黄山》雕刻版邮票，80年代的《庚申年》都是雕刻版邮票中的佼佼者。当然还有普19、普20、普21的普通邮票，都可以称为雕刻版邮票的典范。

雕刻版邮票有其他印刷工艺所没有的诸多优点。比如说防伪功能，世界大部分国家的钞票大都用雕版工艺印刷；比如说艺术感强，就说那枚人见人爱的猴票，雕刻出来的猴毛根根竖立、栩栩如生……

当然了，雕刻版邮票也不是完美无缺，它有一个小小的缺陷，那就是印刷工艺相对复杂，印刷废品率比较高。

听说雕刻布线的最终裁决者是韩美林先生，有人终于忍不住问了：韩先生这么大的腕儿还管雕刻这事？

陈龙一副迷惑不解的表情：韩先生是邮票设计者，自然关心邮票的印刷效果，他当然也会关注雕刻效果了！

“陈龙，为什么你不当这个裁判，还惊动韩先生那么大的艺术家？你来发行部也几年了，雕刻的事也应该门儿清了，这没什么难的！”有人提问。

今天有人跟陈龙提起这事，一来是为了套近乎，但更重要的是作为一个考验：看你分管邮票发行，到底懂不懂雕刻？

好在陈龙的反应尚在可接受范围内：“什么？我来裁决？我哪儿懂呀！这件事大家放心，我已同韩先生说好了，他愉快地答应了。”

有人听罢，拍案赞叹：“有韩先生最后把关，我们放心。我们一定努力，为邮票印制局增光！”

听到大家的豪言壮语，陈龙的脑袋“嗡嗡”地老大老大。

现在的年轻人有一个特点，那就是平时的豪言壮语一旦遇到困难，基本就给忘了。

要给他们打一下预防针。

陈龙笑道：“各位慎言，光有豪言壮语和决心还不够，还要有面对失败的准备，能够成为入选者的毕竟只有一名，顶多两名……”

说到这里，陈龙的脸抽动了一下。

就这样，二十天后，十几份雕刻布线图图稿就新鲜出炉了。

几乎所有参与布线竞争的雕刻师都交了自己的“作业”。

对那些雕刻师而言，这二十天简直就是他们魂牵梦绕的日子。

他们推掉了所有的工作，全身心地投入到“作业”之中。

第二十四章　小明与老孔

小明，是一位高挑的女孩，时年 28 岁，正逢青春年华。

她说话时总是浅浅带笑，柔声细语，两个酒窝显得更加甜美。

有关小明的身份，邮票印制局在各个场合介绍都不同：

有时说她是美术学院水彩专业毕业的。

有时说她是丹麦邮政首席雕刻师马丁·默克的得意弟子兼高徒……

有时说她是邮票印制局最为年轻的雕刻师。

有时又说她本行不是学雕刻的……

当事人对此不置可否，别人一传就莫衷一是。

说小明本来喜欢设计邮票的有之，说印制局为了培养雕刻师硬让她去学雕刻的更有之。

其中最离奇的一个版本已经演绎到了相当复杂的程度：

说小明本来在邮票设计方面已经找到了感觉，从事雕刻后觉得这工作过于单调、枯燥，后来深入进去后，又觉得雕刻艺术其乐无穷。于是，决定此生就奉献给雕刻了——还说这叫“弃暗投明”。

为此，还把名字改为“小明”啦！

综上所述，本来在美术学院学绘画的高才生，由于参加了马丁·默克的雕刻培训班，就喜欢上了邮票雕刻，并准备以此做为终生的追求。

从这个故事不难看出，邮票设计和邮票雕刻是一个多么神圣的职业，传出来的故事都那么“洪荒”。

确实小明的履历上有两个亮点，一是设计师，二是雕刻师。

她明显更看重第二点，在外自我介绍都是说“邮票印制局雕刻师”。

换言之，小明对雕刻的态度是这样的：如果有邮票设计任务给我，我会认真设计。但是如果同时有邮票设计和邮票雕刻任务给我，我首选雕刻。

结果这个选择符合邮票印刷业务的发展，因为目前的邮票印刷缺乏高水平的雕刻人才。

别看小明如此年轻，生肖邮票的雕刻布线竞争已经遇到过两次啦。

第一次，由于有印钞造币总公司的专业雕刻师的参与，她与印制局的其他雕刻师一样与入选擦肩而过。

用陈龙的话是“大跌眼镜”。

但是，小明却感到这两次竞争让她“大开眼界”。

作为年轻的雕刻师，布线竞争尽管激烈，但对她也没什么压力。

就把这当作人生的一种历练，小明这样想的。

生肖猴票的两位雕刻师是由黄先生钦点的，小明完全理解，人家毕竟是专业的雕刻师，经验丰富，技巧娴熟。

她不能理解的是，第一次参加，自己的布线思路完全是按照几何或者吉祥图案来走的线条，完全脱离了布线的基本规律，真不知道当时自己是如何想的？

糊涂呀！教训呀！

其实，作为一个年轻的雕刻师，经验缺乏是致命的，当然也缺乏专业雕刻老师的具体指导。当时，她的恩师马丁·默克不在国内。

这一次雕刻布线竞争动员会上，小明觉得陈龙说的几句话对自己有点启发。这是因为陈龙在动员会上明确说明，这次一定要按动物羽毛的自然肌理来布线。

上一次陈龙就没提，不知道当时是不是忘说了，还是有意考察几位雕刻师的悟性。

开窍了，后面的事情就好办了。

小明本来是印制局再普通不过的雕刻师，可是别忘了她以前是学绘画的。这是她的一个优势。

她发现韩先生画水墨动物画有自己独到之处，喜欢用流畅的弧线和直线来概括形体结构的关键部位以及它们之间的关系。

线条的关系交待好了之后，再铺以墨色，晕染出动物皮毛的质感。

一般人会认为，韩先生的画太抽象，其实都是先生在掌握动物的成长规律的基础上进行的概括提炼。

这么一来二去，她就摸索出一些门道。

为此，她在生肖鸡票的雕刻布线时，尽量依据动物的成长的规律，力求体现出嘴的坚硬、雄鸡的挺拔、羽毛的长短交错，甚至奔跑的速度感。

看到初步的布线效果，小明心里有了好的预感：

——用雕刻的语言来表现水墨晕染的效果；

——雄鸡尾部的水墨飞白用雕刻线条加以控制；

——用简单精炼的雕刻线条勾画出公鸡的威武、母鸡的慈爱、小鸡的萌态。

小明把布线稿交了上去，心里忐忑不安，焦急地等待着结果。没想到，她的布线稿在初选中就被几位雕刻专家看中。

专家的共识是“此方案用雕刻语言解释了韩美林水墨画的语言。”可以同另一个入选方案一起交韩先生裁决。

布线稿送到韩先生那里终审，小明的方案中的公鸡和母鸡的布线效果得到先生的基本认可：“这个方案可以，鸡的翅膀、尾部的羽毛部分的布线走向、疏密我都满意。另一个方案的小鸡布线好些。”

外人往往以为，画家不一定懂雕刻的原理。此言差矣，也是误解。绘画的表现力是点、线、面的结合。韩先生深知其中的奥妙。

尹虎站在韩先生身旁，心情很是复杂。有生以来第二次，他在公布结果前一秒钟，如此关心入选者。

他的心中有种莫名的好奇，这次印钞造币厂的雕刻师没有参加，那印制局的雕刻师到底谁能入选？

他下意识地将先生确定的雕刻布线稿拿过来端详了一番，其实在此之前，他已经看过 N 多遍。

问道：“未洋，这个是谁布的线？有点意思，也有点感觉！”

未洋“哼”了一声：“尹老师，这个不能说，不是有规定吗，不让泄露细节！”然后，又说了句：“你不知道我嘴严嘛！”

尹虎：“嘿！我还真忘了。既然有规定，我也就不问了。”

未洋：“不过，这个方案韩先生已经认可了，等一会儿可以告诉你！”

未洋的嘴实在是太严了。在她心中，这次图稿布线竞争，公平、公正最为重要。

韩美林：“局部地方，比如翅膀、尾部的线条还要略微调整一下，最好找个雕刻专家具体指导一下。”

在回去的路上，未洋终于披露了，韩先生认可的雕刻布线是小明的方案。

小明第二天就收到了让她对自己布线图稿做进一步修改的通知。

真是一个好消息，她做梦都在想。

通知上连修改的内容都有了：第一图雄鸡的翅膀部分、雄鸡的尾部、第二图小鸡的布线，以及布线适应雕刻工艺设备的性能都需要做进一步的修改。

小明一边看着一边点头：

翅膀部分——是啊，这地方当初就不大满意。

尾部——线条的走向可以做些微调。

小鸡——线条的灵动有改动的必要。

当然了，临时充当指导老师的尹虎也站在一旁。他用手托着下巴，左看右看，用自己的理解提出修改意见。虽然他是设计高手，可是设计和雕刻毕竟不是一个工种。

这时，小鸡的布线得到韩先生认可的印制局女雕刻师欧姐及时赶到。

欧姐师从老一辈雕刻师姜伟杰，后来参加了马丁·默克的雕刻培训班，还当过一阵班长。她已经在邮票设计及雕刻领域学习工作十余年了，不仅对雕刻布线本身很在行，而且对如何发挥印制局印制设备的性能，获取最佳印制效果也有相当丰富的经验。

“师妹，师姐祝贺你。”

“同喜，同喜！”

“这样好不好，尽管你的大鸡中选，我的小鸡中选，但是距离打造邮票精品这个目标还有差距……让我们共同努力，一起来修改……”

说这些话的时候，欧姐完全是出于对邮票雕刻的热爱。干了这么多年邮票的设计和雕刻，她一直持这种态度。

可是说完了一过脑子，人家会不会同意呀？

小明面露喜色，不由得叫出声来：“真的？太好了！”

这一声大概是小明在印制局工作以来分贝最大的一次赞叹。

小明如此兴奋，自然有她的道理。

据尹虎回忆，那天两位女雕刻师进行了如下对话：

——欧姐，必须的，你出主意，我动手修改！

——师妹，你的布线已经有很好的基础了，这动手必须你来……

——你的小鸡布线专家十分肯定，我可就借鉴啦！

——既然邮票的雕刻者要署咱俩的名字，还谈什么借鉴不借鉴的……

——欧姐，我一个人身单力薄，万一出点什么闪失，那就要命了。

——师妹，这话说得对。往轻了说是对不起原画作者韩先生，往重了说对不起全国集邮者！

——如今事情已经不是师妹我一人的事了，欧姐你也牵扯进来了！

——师妹，牵扯进来的已经不是咱俩，而是印制局的雕刻群体！

——欧姐，咱俩既有缘又幸运！

两人同时乐了，双手击掌“耶”。

尽管欧姐与小明是竞争对手关系，可是她无私地帮助师妹改稿。

在欧姐的指导下，小明对一些微小细节的刻画更加细腻生动。

修改后的图稿进行了打样，结果好多了。不过，还有需要进一步修改的空间。

面对还有些瑕疵的布线图稿，尹虎无奈地发现，自己的那些手段基本上都用完了。

尹虎只好一边继续扮演指导的角色，一边苦苦思索对策。

认真研究雕刻稿

武马及时倡议：“我没记错的话，印钞造币总公司雕刻室的孔主任是雕刻的专家，我们是不是把他请来作为指导专家？”

未洋在一旁点了点头：“我看可以，老孔绝对是专家。这样我给他打个电话。”

几天后，邮票印制局门口。急匆匆赶来一人，头发有些稀疏，几根白头发夹杂在黑发中很是显眼。他的鼻子很高，但是眼镜却一直架在鼻梁下面。

此时他已经从厂门口急步走到未洋跟前，从眼镜上沿看着未洋，字正腔圆道：“未洋，你好！”

“孔主任，您好！这么热的天，请您过来真是过意不去。”

来人正是印钞造币总公司的孔主任，50 多岁，是印钞造币总公司元老级的雕刻师。

我们知道老孔在钱币收藏界名声很大，最近一些年他也偶尔跨界搞点邮票雕刻。

他不管干什么都追求精益求精，因此钞票雕刻、邮票雕刻这些活他越雕越起劲，越雕越喜欢。

不过，当了主任后的老孔，现在接受雕刻的任务不多了。如今更多被赋予了培养新雕刻师、建设印钞雕刻师队伍的工作。

未洋说着做了一个请的姿势，恭敬地将孔主任迎进局里："马老师还好吗？"

"挺好的，就是很忙，明年被邀请去意大利做一个展览，今年正在忙这事呢。"

二人口中聊的正是孔主任的夫人，第四轮生肖猴票第二枚的雕刻师，一位极有气质的女士，长得有几分像明星陈明，现在是印钞造币总公司雕刻的中坚力量。

几句话的功夫，未洋跟在孔主任后面一路赶到了会议室。

尹虎、张工、制版王主任和中选的雕刻师早已等在会议室内。

见孔主任一露面，大家便齐刷刷站起来，亲热地互相打了招呼。

大家去年已经打过交道，孔主任也与大家熟识，只言片语的废话都没有，就直接进入了主题。

"这是今年中选的雕刻布线？"

"是的，孔主任，这两位是我们邮票印制局新近培养的年轻雕刻师——小明和欧姐。"

"小明和欧姐？祝贺，祝贺！没想到，没想到，尤其是小明这么年轻。"

老孔真没想到，如此年轻的小明竟然是生肖鸡票雕刻布线的佼佼者。曾几何时，老孔参加过猴票的雕刻布线竞争，居然铩羽而归。他知道这种竞争极为惨烈！

头天晚上，武马给他打电话，请他过来指导一下年轻的邮票雕刻师。他想都没想就痛快地答应了。

这件事听起来好像不相关，印钞和邮票雕刻看起来是两个行业，其实不然——了解雕刻的人知道，这两个行业是相通的。

老孔自己都没法解释，为什么邮票雕刻的事情自己总是有求必应。他只是觉得，只要是雕刻上的事情，自己就喜欢。

其实，孔主任心里一直有个牵念，从来没有对别人说过，哪怕是他夫人："中国的雕刻工艺就剩下印钞和邮票印刷行业中还有几个人在苦苦挣扎着，这老祖宗留下的手艺可别在自己这一代失传了！"

老孔将自己多年的雕刻经验毫无保留地传授给她们，并告诉她们什么是雕刻语言的魅力，如何让雕刻语言与水墨韵律产生共鸣。

在老孔的帮助下，小明对作品一共进行了八次修改。完成后的作品艺术效果和表现力都有明显的提升。

这件事就这么过去了。

后来小明多次表示，孔主任的指导对她的修改帮助极大。

不过，孔主任始终强调，自己只是做了力所能及的事情，关键是小明有艺术感觉，对原画作品有深刻的领会。

至于孔主任是如何指导的，还在哪些方面做了修改，他就语焉不详了。

鸡票的图稿对外公布后，小明名声鹊起。

马局长知道后，及时点拨她："小明，记住，你还年轻，自己把握好自己。"

"领导放心，我会把握好的。"

经过八次修改的雕刻稿

“尽管有了一点成就，但你还不算什么‘家’，甚至连‘师’都不算，就是普通的雕刻工作者。”

小明意识到，领导提醒的及时，自己绝对不能膨胀。自己干的是邮票印刷行业最为基础的工作。就算人家叫你“雕刻家”、“专家”又怎样？沾边了，还可以再往深里想想。

有意思吗？

没意思！

于是，小明重重地点了一下头。

制版打样的头天晚上，尹虎在办公室里呆了很久。他本来有朋友约的饭局，但却没心思参加。

这是他性格的一个特点，大战到来之前，要进行认真地盘点。

尹虎在办公室里愣愣地坐着。他在思索一个问题，那就是如何按发行部的要求在开机之前把打样弄好。

他忽然感到口渴得要命。在办公室里，他还是第一次有喝酒的欲望。

好在冰箱里还储藏着一罐啤酒。冰凉的啤酒流入腹中，有一股清凉向上，顶进脑门里。眼前的世界从未像此刻一样清晰。

进入制版和打样阶段，是发挥我尹虎作用的时候了。

通过生肖猴票的印刷，不难知道鸡票的雕刻印刷也会面临着许多难题。

印刷的稳定性暂且不论，制版、打样也好不到哪里去。

要不是上一次请来印钞厂专家过来会诊，猴票的生产说不定就给耽误了。

看来问题的关键还在于打样。

尹虎有丰富的邮票设计经验，他对邮票整体效果的把控非常准确。

他认为，有了去年印刷猴票的经验，自己对鸡票的印刷还是有把握的，这话不是没有根据的。

首先，他科班出身，美术学院毕业。此外他设计的邮票不少，每种印刷工艺都经历过。

他清楚采用胶雕套印工艺，胶印颜色与雕刻线条叠加后颜色肯定会发生变化，因此，叠加后的效果调节至关重要。

其实，印刷上的胶印与雕刻就是对立统一的关系，跟哲学上的辩证法没什么两样。

可见，辩证法是一门通俗易懂的学问，在印刷上也行得通。

同理的还有，邮票原稿缩小到邮票大小后，邮票能保持与原画一样的感觉也是门学问，也需要用辩证的思维在上机打样后对颜色进行及时的调整。

就这么琢磨了好久，才把制版、打样的各个环节的工作梳理清楚。

人家都讲，邮票印制局的工作有“四大累”之说：制版、打样、印刷、检验。

在接下来差不多一个月的时间里，尹虎带着小明、欧姐一次又一次地到制版中心、印刷车间的机台边，把“四大累”的工作几乎体验了一遍。

在生产现场进行指导，效果是显著的。

他们寻找雕刻与胶印的最佳搭配效果，使印刷效果不仅色彩效果上贴近原作，雕刻的部分也更加出彩传神。

开机仪式前，看到满意的打样，尹虎的心里涌起了甜蜜和苦涩。

这次，可以向集团交差了！

第二十五章 “预言帝”

陈龙几个人得知公鸡、母鸡、小鸡全部到位后，心中极为高兴。

“韩先生太配合、太给力了！”几个人兴奋地在陈龙的办公室里议论着。

陈龙看到的是生肖鸡票的计划基本落实。

尹虎看到的是鸡票的设计、布线工作基本完成。

未洋看到的是生肖邮票的编辑工作可以告一段落。

事实上，未洋当时在为生肖邮票有如此的进展感到高兴的同时，还有一件事情一直在困扰着她。

年初，印制局在分配全年邮票选题编辑任务时，她还负责 2016 年里约奥运会邮票的编辑。

这段时间，她一直忙于生肖邮票的设计、布线等工作，里约奥运会邮票图稿的内容一直没什么头绪。

虽说这不是一套大票，但是在未洋的心里一直惦记着。

其实这套邮票去年就开始论证了，为此还专门开了一个会。

奥运会邮票自 2008 年以后老百姓都不怎么叫好，是小众邮票，况且还是人家巴西里约办奥运会。

这奥运邮票后期营销不好做，老百姓互动性不强。

陈龙说：“这奥运会四年一次，咱们的奥运邮票也四年一套，运动项目也都表现得差不多了，没上过邮票的项目太少了。”

武马:“是啊,今年发行两枚,要不咱们就出一枚会徽,一枚吉祥物,正好。”

似乎这些年只要一发行体育题材的邮票，就是吉祥物和会徽，集邮者一看见就心烦。

会徽吉祥物是以前表现体育类邮票的老“动作”了，今年里约奥运会，肯定不能用了。

若有若无的对话，使陈龙彻底打消了出吉祥物和会徽的念头。

大家听完都不说话了，这些设想都不能让人眼睛一亮。还是要表现运动项目。

未洋叹了口气，说:“要不今年出足球吧？足球是巴西的强势项目，再出一个乒乓球，中国队称霸世界的项目。”

足球当然可以，但是上一届伦敦奥运会表现过了。

陈龙沉默了一会儿：“我个人有一个想法，这套邮票咱们得动动脑子。刚才说到老百姓互动不强，咱们得研究老百姓喜欢什么运动，邮票也得接接地气了。”

未洋：“首先当然得是中国的优势项目，是不是表现巴西的优势项目，我个人倒觉得不一定。”

武马：“邮票也得创新，奥运会邮票年年都是老三样，顿顿猪肉白菜炖粉条，老百姓能喜欢吗？要不先按照这些思路问问专家？也许体育专家能帮咱们找到合适的角度呢？”

陈龙：“行！就这么办，散会！”

两天后，未洋组织了第一轮奥运项目邮票选题论证会。邮政方面的首席代表是未洋，体育方面的则是不同项目的体育专家。

后来的事实证明，这选题论证会是不成功的，因为双方几乎很难达成共识。

双方还没入座，争吵就开始了。

从事游泳项目的推荐游泳和跳水；从事球类项目的推荐篮球和排球，还有推荐体操、举重……这几个项目就像是走马灯一样在与会者的脑子里打着转。

总之那天的推荐结果是这样的：

第一轮推荐结束后，未洋开始唱票："体操，一票，乒乓球，一票，举重，一票，游泳，一票……一个项目一票，这怎么办？"

对于这个结果，有几位专家表现出无比的愤怒。

第一个就是乒乓球专家。本来他以为乒乓球在奥运的历史上的金牌最多，应该深得人心才对。

另一个愤怒的人是篮球专家。他质问其他人："中国有许多联赛，哪个联赛有篮球办得这么好？"

一片吵嚷声中，未洋宣布本轮推荐无效，进行第二轮。

为了防止选举再次无效，未洋又规定，每张选票必须选两个项目，否则作废。

很多人被这个规定难住了，拿着推荐票不知第二个项目该填谁。

不幸的是，大家在这个问题上采取的措施是一致的。

只听见未洋宣布统计结果："男子乒乓球一票，女子乒乓球一票；男子游泳一票，女子游泳一票；男子举重一票，女子举重一票……"

各个项目的推荐势均力敌。

未洋对此感到很恼火，只好对大家说："各位专家，这样不行，这样没法决定！要是按着大家的意见，中国邮政至少要发行十枚邮票才能涵盖你们推荐的项目！

最后，还是一位比较公正的专家建议：“既然是人家邮政发行邮票，上什么项目，不上什么项目，发行单位说了算。”

于是，会议无疾而终。

想不出来索性换换脑子，陈龙翻着生肖猴票的宣传文案。

上面的“黄永玉预测二胎政策，老猴怀抱两小猴”几个字吸引了他的注意力。

预测？

邮票不就需要这样跟老百姓生活密切相关的内容吗？

接地气！

这个接地气想法的形成据说是这样的：一个周日，武马坐在家里一边想事，一边下意识地换台。“2015 年中国体坛风云人物颁奖盛典”引起了他的注意，心想这真是“踏破铁鞋无觅处啊”……他仔仔细细看完了整个晚会。

这盛典里面选出的，都是专家推荐和老百姓投票的年度体育人物。每一个都代表了专业的考量和老百姓的喜爱。

特别说到郎平的时候，武马的心情就不平静了。他回想起上世纪 80 年代，自己还是血气方刚的小伙子，看到女排那种不屈不挠、不怕困难的劲头，成为那个时代振奋人精神的强心剂。

武马想都没想就给陈龙拨了个电话。

“喂，陈龙，我刚才看了 2015 年中国体坛风云人物颁奖，心里有了想法。”

“武马，我也看了，正……”

两人交流了许久，最后相互补充达成了里约奥运会邮票发行的几条原则：

一呢，要“应景”，只有引起社会共鸣，老百姓才会关注。

二呢，肯定得是咱们的优势项目，在世锦赛或者往届奥运会上取得过好成绩的，这才能振奋人心，老百姓也觉得喜欢；

三呢，得体现体育精神，奥运会毕竟还是全世界人民的盛会，邮票展现了正能量老百姓也能感受到，邮票发行也得有点情怀啊；

最后呢，老生常谈，要创新！

有创新老百姓才会感兴趣！

哦，对了，团体项目会不会更好些，能够表现咱们团队协作能力。

——领导，还得要团队参赛项目？篮球、足球、女排都行。

——对女排，我觉得可以算一个，虽然表现了多次，但是她们的精神老百姓非常认可。还有一个……

——田径项目怎么样？

——4×100 米接力？这几个小伙子最近表现也越来越好，像朝阳一样，给大家一个阳光、拼搏的印象。叫什么“新爆发的小宇宙”！

——就是，这两枚接地气、正能量！

——哈哈，对，咱们邮票向老百姓展示一些正能量。

未洋也觉得选择这两个项目有道理，于是跟国家体育总局方面联系，得到了积极的回应。

以上就是陈龙等人策划里约奥运邮票的全过程。

我们可以看到，这是件顺利得几乎没劲的事。但在后来当中国女排获得本届奥运金牌、中国男子 4×100 米接力队获得第四名后，这件事却变成了热点话题。

“继成功预测二胎政策后，中国邮政再次成功预言女排 12 年后夺冠，‘预言帝’名不虚传！”

"为什么中国邮政发行巴西里约奥运会的邮票有中国女排！"

对于"预言帝"这个夸张的说法，陈龙几位实在不敢带这个帽子。

这个称号当然是不能乱封的。

当然，这里完全有运气和接地气的成分。

假如采用这种说法，整件事几句话就可以说清楚了：

——邮票被称为"国家名片"，是国家发行的邮资凭证，代表着国家的尊严和形象。

——同时，在邮票的邮资实用功能逐渐退出舞台的时候，邮票更好地发挥艺术传播功能，又成为了各国邮政关注的话题。

——邮票设计不同于一般设计艺术，有自己特殊的设计特征，是集科学性、艺术性、民族性、时代性、实用性为一体的综合体现。

——从国外的情况来看，邮票选题一直比较严肃的英国在 1988 年也将流行音乐歌星列侬的身影载入邮票，2001 年又发行了一套 6 枚的"诺贝尔奖百年"的纪念邮票。

——德国邮政也发行过流行音乐歌星附捐邮票，内容包括美国的"猫王"普雷斯利、霍利、莫里森和英国的列侬。

——美国则在 1993 年发行了"猫王"邮票。

同时，我们也应该看到，邮票也越来越多地成为了一个国家展现自身实力，展示自身文化的重要方式，因而在选题和设计上，更应该从大众接受层面进行考量。

一个大国的腾飞，基础在于人民，百姓安居乐业是国家发展的基础。从百姓热点这一维度题材看，近年来邮票选题中接地气的题材越来越多了。

2016 年是中国邮政开办 120 周年，在漫长的历史中，中华民族形成了自身独特的审美特点。

第三十一届奥运会邮票

从当前邮票选题来看，邮票发行部门真正是将国家名片落到了实处，铭记历史，关注老百姓的话题，关注社会热点，与时俱进。

第二十六章　丁酉开机

2016 年 8 月 8 日，邮票印制局。

此时的印制局里里外外已经贴满了“祝贺《丁酉年》特种邮票开机”的标语。

一些工人早已经把车间和局内的犄角旮旯打扫得干干净净。

当然他们也不是自发的打扫卫生，都是组织上事先安排好的。

呃，这也再正常不过了，生肖邮票印刷开机仪式邀请了韩美林先生和集团领导到场！

这印制局的脸面还是应该要的！

而对印制局的工人们而言，对于韩美林这位传奇人物的到来则是充满了好奇和憧憬。

马局长大概是印制局所有人中最为焦虑的一人了，尽管办公室主任让他放心，说是都已经安排好了，而且是“双保险”。但他一听“双保险”，还是不由地一激灵。

这段时间正逢巴西里约的奥运会，中国观众最害怕听到的词汇就是“双保险”，从射击到跳水再到蹦床，只要敢称双保险的，结果基本上是“没保险”。

熟悉中国集邮的人应该有印象，生肖邮票的印刷开机仪式是从2015年生肖猴票开始的。

那一次能取得前所未有的轰动效应，是因为邮票发行部通过不断的摸索，找到了宣传广告的新模式，那就是全国电视直播。

全国几百个城市，每个城市都组织人收看，看后口口相传，猴票发行的事情就广而告之了。

这次鸡票的开机仪式，除了全国直播外，又发展到腾讯的微信线上直播。还临时增加了一个“噱头”——现场抢购鸡票整版邮票。

这就是办公室主任说的“双保险”——电视直播和微信直播。

一上班，马局长就来来回回地在他的十几平方米的办公室里转悠，隔壁局办的小秘书告诉他：“领导，放心，下午的仪式都安排好了。”

“都安排好了？”

还是不放心，他实在忍不住了，就一人去了举办开机仪式的车间。

然而此时马局长发现，以前的信息都不靠谱。

车间里只有几个人在游荡。有的在调试直播设备，有的背着手好奇地观望雕刻机，还有些人坐在椅子上，绘声绘色地讲些什么。这些人看起来都是媒体的工作人员，看不到印制局的员工。

这事儿看着不可思议，但却是真的！

他不禁纳闷：“我们的人都干什么去了？”

还好，在车间的角落里，马局长发现了车间主任。

对于领导的造访，车间主任早习以为常。在他眼里，这局长还是挺和善的。他经常到各车间转悠，跟大家打招呼：吃得好不好？加班忙不忙？有啥事要帮忙的没有？

人家回答：

——吃的不好，食堂在装修，食堂装修好了，别忘了给我们改善一下伙食！

——领导，加班能不忙吗？不过没关系，给加班费就行。

马局长听后不停地点头，然后留下一句：有事您说话。说完飘然而去。

车间主任了解到领导来访的目的，开始劝慰他：马局长，你没必要担心，这个开机仪式尽管影响大，但程序简单，而且大部分工作都在头天晚上就安排妥当了。大家加班一晚上，现在都找地方眯瞪一会儿呢。

现在车间里看不到人只是其中微不足道的一个细节。

了解到这个情况后，马局长才放心地回到办公室。

下午三点，鸡票印刷开机仪式如期举行。

整个车间熙熙攘攘，人声鼎沸，真来了不少人。

简易的主席台平地而起，上方挑起的巨型布幅上书写着“《丁酉年》特种邮票印刷开机仪式”。

人群里有人举起自制的标语牌：

——韩爷，我爱你！耶！

——匠心独运、盛况可期！

——神马都是浮云，神鸡全靠美林！

著名节目主持人，韩先生的忘年交崔永元精神抖擞，站在主持人的位置上。

他一开口，就做了一个“寻人启事”。请当年与自己交换邮票的一位中年人看过直播后速来领回他的相机。

原来，崔永元年轻时也是一位集邮爱好者，收藏了许多精美的邮票，并视邮票为珍宝。一天他携带邮票来到北京月坛公园邮市“显摆”。

没想到，一个中年人看上了他的邮票，提出愿意用手中的高档相机与崔永元的邮票交换。他在经过半个小时激烈的思想斗争后同意了这笔交易。从此也就同他手中的珍宝失之交臂，为此他肠子都悔青了。

随着台下的喝彩声越来越响，崔老师没有忘记今天的主角是谁，他赶紧向韩先生低声说了一句："韩先生，您讲几句吧！"

然后开机仪式就成了韩先生的"单口秀"。

他首先也做了一个"寻人启事"。请当年在"文革"运动中抄没了他邮票的人也将邮票还给他。

不过韩美林大度地说，那是一段痛苦的回忆，不堪回首的往事，邮票找不到也就算了……

台下被他煽动得一片惋惜声。

韩先生表示，自己从1956年开始集邮，设计了1983年的《癸亥年》

生肖猪票，1985 年的《熊猫》邮票，与邮票颇有渊源。

“好！”台下又响起热烈的喝彩声。

接下来，说到鸡票的设计：“俺对这次邮票设计可认真了，前期就勾勒了 1600 多幅草图，俺画的鸡都是一窝一窝的。上色成稿的就有 22 幅。俺让陈龙他们从中挑了两幅。”

台下的掌声成片响起，对老爷子的敬业表示钦佩。

韩美林这番话给人的印象就气质不凡。

这个“气”是有气度，这个“质”是有内容。

这不韩先生兴致勃发，又把“先是设计两只公鸡，后来又加上了母鸡，最后又加上了小鸡”的过程诙谐地描述了一遍。

与大多数人的预想不同，韩美林只说了几句创作体会，就把话题转向了邮票和集邮。

他先是对《丁酉年》邮票的防伪技术大加赞赏：“现在印制邮票如此复杂，邮票的防伪能做得如此之好，真是只有羡慕的份！”

接着感慨：“俺的画要能有这样的防伪技术就好了！”

这当然是个含蓄的说法。

不含蓄的说法是，有的画店卖俺的假画。

想象一下你逛了一趟琉璃厂，走了好几条街终于看见一个大画亭，结果店主卖了你一幅韩美林的“真画”。过几天找韩美林一鉴定，韩美林说“没画过！”这事换谁谁都要发火。

韩美林还向全国集邮爱好者问好，并鼓励集邮爱好者坚持集邮不动摇，因为集邮是一种文化。

他还向生肖鸡票的组稿团队、印刷团队表示感谢！

坐在第一排的陈龙暗暗叫苦，心里咯噔一下：这老先生怎么说的都是集邮呀，集邮者喜欢听他的创作体会。

代表胜利的手势

于是，他怯怯地向韩先生传递一个信息：少说点集邮，多说说您自己吧。

可惜韩先生没听到。

也许是听到了，假装没听见。

韩先生多聪明的人呀，这场合他是一定会替东道主宣传集邮的！

而中国邮政集团公司副总经理李丕征在开机现场致辞中讲到，中国邮票的发行一直坚持追求极致的“工匠精神”，在邮票的文化张力、设计创意、印制创新方面不断精耕细作，努力为社会各界奉献上乘佳作。

他郑重地宣布：该套邮票在防伪工艺上也尝试了多重创新：

——版张边饰中的生肖文字信息使用无墨雕刻，呈现出雕刻版印文凸出纸面却无墨迹的印刷特点；

李国华总经理与韩美林共同批样

——防伪纸张也经过特殊工艺设计，由防伪行业协会专家、公安部鉴定所专家、印刷专家等共同组成研究小组，对生肖邮票专用纸张进行多次试验，最终确定了防伪工艺。

参加仪式的人群有个共同的爱好，那就是看热闹。

接下来的热闹一个接一个，好戏连台：

首先，在热烈的掌声中，韩美林与中国邮政集团公司总经理李国华共同签批了邮票印样。

其次，韩美林向李国华赠送《丁酉年》邮票设计原稿，李国华向韩美林颁发了收藏证书。

再其次，在全场记者频繁响起的快门声中，韩美林、李国华共同按下了《丁酉年》邮票印刷机启动按钮。

按钮一按，没过几秒钟机器就开始转动了，韩先生设计的邮票“动”了起来。

韩美林开心地向大家展示新鲜出炉的邮票印样

陈龙和马局长不由地对视一笑，悬着的心同时放了下来！

开机仪式结束后，现场出现了一个有趣的画面，韩美林在两个纸板上挥笔画鸡，然后将这两个纸板信手抛出，分别被中国邮政集团公司副总经理李丕征、邮票印制局马局长获得。

从天而降的意外收获令两位领导惊喜不已。

崔永元啧啧感叹，要说赞叹也不为过，主持这样的邮票印刷开机仪式机会难得，是人生中的第一次，也可能是唯一一次。

他希望摄像机用特写镜头将邮票生产线和他本人拍摄到同一个画面中。

《丁酉年》邮票印刷开机仪式在腾讯新闻及腾讯视频的直播，将开机活动推向高潮。

全国集邮爱好者通过观看开机直播、参与生肖大小版摇号抽奖，真正参与到集邮的“嘉年华”之中。

中国邮政集团公司副总经理李丕征（中）与韩美林等观看印样

持续一个小时的直播吸引了 11.5 万人同时在线观看，截至当日 24 时，相关视频点击量达到 33.8 万次；23 万人次参加抽奖，中奖率达 17.35%。

看到这场面，陈龙无限感慨，鸡票印刷开机仪式只是开了一个头，后面的路还要走得稳健、走得漂亮！

第二十七章　采访

鸡票印制开机仪式结束后不到十分钟，在邮票印制局绿草如茵的院子里举行记者见面会。

草坪上简单地摆放了几把椅子，大批的记者蜂拥赶了过去。

等待的时候，大家还在交头接耳。

有人问：今天谁来参加记者见面会？

有人答：不清楚，至少韩先生会来参加，他可是今天的主角！

只见刹那间，记者们的笑容就呈现了，精神就振奋了。

又过一会儿，有人又说：崔永元老师要是能参加最好！

一片附和声中，韩美林带着崔永元、陈龙步入了会场，坐到摆放着几个话筒的方桌后面。

他们刚一坐下，记者的采访就正式开始了。

陈龙道："各位媒体记者，欢迎大家前来采访。方才成功举办了开机仪式，这是上半场结束。现在进行下半场。大家回去播放时，最好在上半场和下半场之间插播广告！"

见大家满脸期待，陈龙问道："各位记者，请问，你们想先采访哪一位？”

“当然是韩美林先生。”众记者说，“我们想先问一下韩先生，设计这套生肖邮票与1983年那枚猪票，有什么不一样吗？”

坐下聊聊生肖鸡

韩先生也不推辞：“猪和鸡肯定不一样，设计猪票时，俺往它身上加了许多花纹；鸡本身就是五彩的，这花纹就不用加了。因为第一轮生肖鸡票，张仃老师用了装饰的画法，因此我也想用这个画法。”

记者：“我们也看到了最终挑出来的两幅作品，有什么特殊意义吗？”

韩美林：“时隔33年之后，再次参与生肖邮票的设计工作，俺感觉这是一种缘分，是民族传统文化与艺术的缘分。我们祖国的版图常常被比喻为一只雄鸡，中国人民对鸡也有着特殊的情感。鸡谐音‘吉’，寓意着风调雨顺、五谷丰登。”

说这番话的时候，韩美林的脸上一直带着笑容。

记者：“在色彩上您有什么要求吗？”

韩美林：“就是民间的，这个跑不掉的。不管是写实还是装饰，都是采用的民间的色彩搭配，因为俺觉得这都是象征着中国的。生肖和国画都是中国的传统，所以俺坚持用传统的色彩设计传统的生肖。”

下面很多记者都被韩先生这番话感动。

“崔老师，今天才了解到，您也是一位资深的集邮爱好者，您能谈谈对韩先生设计的这套生肖邮票的印象吗？”

有记者笑吟吟地提出了以上的问题。

崔永元：“你要认识韩先生你就知道，他是一位特别崇尚自由的人，他的艺术创作喜欢天马行空。”

他依旧用他惯用的语调，侃侃而谈，风采非常。

“作为一名资深的集邮爱好者，这次的《丁酉年》鸡票，有韩美林老师的大师级设计、有最好的印制设备、最新的防伪工艺和幕后优秀的职工，我相信这套邮票会延续生肖邮票的传统，成为中国集邮者喜欢的生肖邮票。”

记者：“崔老师，您刚才说自己集邮，那一定也收藏生肖邮票吧？”

崔永元：“不收藏了。”

陈龙：“第一轮生肖也没收藏吗？”

崔永元：“原来有，刚才不是说了吗，用它们换相机了嘛。”

“韩先生，您刚才在开机仪式上说过，您设计的这两幅图稿，是不是您最满意的？”

多么刁钻的问题呀！

韩美林：“俺告诉你，自己的儿子就是哑巴、瘸子都是好的。你见哪个母亲不爱自己的孩子？瞎了眼也是宝贝蛋儿。我对陈龙说，我画了这么多，你喜欢哪个就抱走吧。”

同志们，没有好口才，千万别接受这样的采访。

记者：“韩先生，换句话说，您对陈龙抱走的这只鸡印在邮票上满意吗？”

说到这个话题，韩美林深深吸了口气，稍稍停顿了一会儿，两只眼睛打量了一下在场的记者，似乎在下一个很难下的决心。

良久，他才长长叹了一声：“也罢，俺要是说出来了，可就把陈龙得罪到家了。”

陈龙在一旁插回：“没事，韩先生，尽管说。”

“今天说句实话，俺对他挑的这只不满意。俺是非常喜欢一只装饰性的大公鸡，可是陈龙不喜欢，他喜欢水墨画略带装饰的画法！”

“什么！上邮票的这只公鸡不是韩先生的最爱！”

场下顿时一片骚动，很多记者把疑惑的目光纷纷投向陈龙。

陈龙心中一惊，脑袋“嗡”的一声，心里埋怨韩先生，这老爷子真是心直口快，这事也能捅出来？

不过，他转念一想，觉得也是好事，集邮者有必要了解邮票设计背后发生的一些故事。

陈龙的眼珠子缓缓转动，显然是在反复权衡：“确实如此，韩先生喜欢一幅色彩更丰富、装饰性更强的作品。”

韩美林：“那幅过年味更浓，色彩更接近过年的氛围。”

记者：“陈龙先生，您为什么没用那幅韩先生更加喜欢的作品？”

显然，记者们是在刨根问底。

陈龙沉默了片刻之后，很严肃地说：“各位记者，生肖邮票在全国集邮者心中的位置恐怕天下人是有目共睹的……那是第一大收藏啊！”

其实，他这句话等于没说，这谁都知道。

“在确定第四轮生肖邮票发行之初，我们有一个原则，就是设计风格以水墨画、写实与写意结合为主。很明显，我不能改变这个原则。”

韩先生是多聪明的人，他发现了陈龙的境地不妙，赶紧补台说：“30多年前，俺就曾画过百鸡图，今年俺还准备创作新百鸡图，年底在国家博物馆展出，这新百鸡图就包括刚才提到的那只大公鸡，这也是俺的一个心愿，祈求全国人民百事吉利。”

好在韩老师反应快，几句话避免了陈龙过度尴尬。

中央电视台的一位记者问道：“陈龙先生，能说一说生肖邮票有什么特点和规律吗？”

陈龙心想，这位记者也是在帮我呀，提这么简单易答的问题。

他想都没想，侃侃而谈：“细心的邮迷已经发现，生肖邮票的发行，在枚数上是有规律的，第一轮生肖邮票是每套一枚，第二轮是每套两枚，第三轮是每套一枚，对于第四轮生肖票，我们延续了这个发行规律。”

“印刷工艺上有什么创新吗？”

“在印刷工艺上，每一轮也都是一种印刷工艺，第一轮、第二轮是影雕套印、第三轮是影写印刷，第四轮是胶雕印刷。

“陈龙，听说全世界有几十个国家发行生肖邮票，你怎么看外国发行中国生肖题材问题？”

一位记者知道自己的采访已经跑了题，今天是中国生肖邮票的开机仪式，怎么说到外国去了？不过她还是很乐意同陈龙讨论这一问题。

“这个可以先从中国发行生肖邮票谈起，这是因为中国有生肖文化的传统，传统文化需要传承，这应该是这类邮票最为显著的特征。”

“那怎么看美国等西方国家，他们也发行生肖邮票。”记者讶异地看着陈龙。

“确实如此，美国、加拿大、法国等国邮政也在发行生肖邮票。我的理解，这些国家他们至少有大量的华人，他们要满足这部分群体的文化需求”。

“其他，如非洲、拉美国家也发行是什么原因，是不是也是宣传中国的生肖文化？”

“这些国家发行生肖邮票的目的十分单一，就是为了在中国的集邮市场上分一杯羹，商业目的是显而易见的！”

“为什么这样说？”

陈龙加重了语气：“人家没有那么高的觉悟和义务宣传推广我们中国的生肖文化。”

据陈龙记忆所及，有几十个非洲、美洲国家发行过生肖邮票，但人家楞说这不是倾销中国邮市，而是为了宣传中国文化。

类似的广告词他们也发明过很多，比如“世界的生肖也是中国的生肖”，“收藏生肖从什么什么尼亚开始”，“助中国生肖走向世界”之类的，明摆着不让你听明白。

外国生肖邮票进入中国，也引起一部分中国集邮者的警觉。

他们发现，这些生肖邮票都是中国人设计的，还有很大部分是在中国印刷的。

这事听起来有些奇怪，不过也不是不能解释。

三年前，一个叫什么普林斯比的邮政总局局长到国内的一家印刷厂参观。在印刷机上看到他们国家的许多邮票在这里印刷。当时他就问一起参观的副手：“这是怎么回事？这些邮票我根本没见过？”

副手赶紧小声回答：“局长，您一定忘了，您不是把发行和制作本国的邮票选题的权利卖给某某代理了吗！”

当然了，对于这个误解，局长就不会对陪同的中方人员解释了。

这就是传说的“自产自销。”

很多集邮者认为，这么多国家发行生肖邮票，我们也收集不过来。生气了，干脆不收集它们了。

“你这个观点同许多媒体宣传介绍的不一样，我有些不解！”

“你慢慢体会，就理解了。”

看到记者们很诧异，陈龙见怪不怪！

这样的事情，需要多说，需要多讲！

非要换个词来形容，就叫因势利导吧！

采访结束了。

人群一波又一波地散去。

很多记者无限感叹，嘴里喃喃有词：

“天呀，这生肖邮票这么有魅力！”

后记

很多年前，我曾在书上看到一句话——很多时候，人们执着地干一件事情，都是出于偶然的尝试。

当初我喜欢上写作也出于偶然。

当时，同几位朋友闲聊天，大家都说集邮活动影响够大，可是缺少文艺作品，特别是小说。

小说？是想写就能写得了的吗？

人家真诚地告诉我，其实写小说也不难！

于是乎，我就冒出个想法，自己要写小说。

当然，是不是能写出来，我得试一试。

我先到网络上了解一下情况，如此看了一圈儿，发现了很多好的作品，与自己的写作水平一比较，心里凉了大半截。

虽然万般不甘心，但也不得不任凭“写作”两个字在脑海里翻滚，无法阻挡。

于是乎，决定试一试！

出于偶然的谈话，却成型于我所有的业余时间，包括节假日。为此，我每天清晨六点钟到单位，每晚九点回家，也算早起晚归了！

本人步入中年后才开始写小说，最初的小说应该是 2012 年发表的《见信如面》。那本小书刚出版后喜得什么似的，赶紧催着出版社要样书，然后签上“雅正”一类的词汇发朋友圈。

渐渐地写得多了，也就渐渐麻木了。

但作为写手，还是希望自己的码字能变成铅字，读者越多越好，风格越变化越好。

新书《猴年过后是鸡年》没有延续《猴票她爹和爹的猴儿》、《黑便士的奇幻穿越》和《“猴王”是怎样炼成》几本书的写作风格，尝试的是另外一种简约、诙谐、朴实的文风。

相信认真的读者读后能感觉到写作风格的变化。

这里要特别感谢韩美林先生和他的夫人周建萍女士，他们不仅通读了全书，对个别章节做了改动，为小书写了序，设计了封面，题写了书名，还提供了大量珍贵的插图。

愿读者能够喜欢这本小书。

作者

2016 年 9 月 8 日于北京